Jocelyne Lindner

Les Bonbons au Caramel

Roman autobiographique

À toutes celles qui un jour ont subi
de grosses pattes sales sur leur corps.

Les bonbons au caramel

Les habitants de Nuits-St-Georges se sont réveillés surpris ce matin de cette année 1964. Le Meuzin est sorti de son lit. C'est une rivière habituellement sans histoire qui traverse une petite ville du milieu de la France. Bousculé par une fonte tardive des neiges, le Meuzin dévale à toute vitesse dans notre quartier. C'est inattendu. L'eau au débit capricieux jaillit bruyamment des caniveaux, qui dégorgent une eau sale, boueuse, un mélange de sable, de remontées nauséabondes d'égouts. Les habitants se collent aux maisons pour éviter d'être aspergés par les grosses gouttes projetées.

Tous les curieux, nos voisins, sont rassemblés en petit groupe sur le trottoir, cette crue est un événement local rare. Les voisins papotent, se lamentent sur les futurs dégâts, stipulent sur les chiffres des pertes potentielles. Ils évoquent d'autres grandes inondations du passé, bien pires, avec des morts bien sûr.

Le couple Morin de la boucherie, l'élégante bijoutière Madame Roux que ma mère déteste, le boulanger Monsieur Raoul Ratinole, patron de mon père, sa femme Louise Ratinole, leur fils unique Régis, et moi-même Jocelyne, observons ces petits geysers qui émergent des fossés.

L'eau se répand bruyamment dans tous les coins. Tout d'un coup, la pomponnée Madame Roux, perchée sur ses chaussures à talons hauts, pousse un cri strident. Nous sursautons, alertés. Nos regards se portent d'abord vers Madame Roux — qui tremble tellement que l'on pourrait craindre pour ses talons hauts et fins — puis vers un énorme rat, affolé, qui déboule de l'égout.

Terrifiée, la bête court dans tous les sens. Madame Roux hurle. C'est un rat énorme, peu habitué aux escapades à l'air libre. Il n'attire pas vraiment la sympathie, son sort est rapidement fixé.

Veut-il impressionner la blonde Madame Roux ? Notre influent commerçant du quartier Monsieur Ratinole — qui n'a pas encore trouvé une balance pouvant lui indiquer son poids — coince en une fraction de seconde le rat contre le trottoir. Sous nos yeux, il l'écrase de son pied, le plaque contre le muret, le réduit en bouillie sanglante. Subjugués, les badauds éberlués aux sourires soudainement figés se taisent.

Je saute d'un bond en arrière, c'est répugnant. La bête est pulvérisée, ses viscères éjectés. Le sang de l'animal se perd dans les flots, son corps est emporté par le cours rapide du Meuzin. Je m'inspecte de la tête au pied, j'ai peur que mes vêtements ne soient tachés du sang de l'animal. J'ai envie de vomir, je suis secouée par cette scène d'une violence vertigineuse. Quelques secondes s'écoulent avant qu'un premier voisin, sorti de la torpeur ambiante, exprime ses remerciements. Il hoche la tête, applaudit : « Merci Monsieur Ratinole, quel commerçant serviable ! Quelle rapidité, quel courage ». Monsieur Ratinole est tellement heureux de toutes ces louanges qu'il se redresse encore plus, bombe le torse de fierté, se confortant plus que jamais dans sa position du « mâle du quartier ». Si je raconte cette scène chez nous d'une cruauté inouïe, sanguinaire, dont les images vivaces traînent dans ma tête, ma mère me dira que c'est « la faute à Madame Roux ».

Monsieur Ratinole a voulu l'impressionner. Donc c'est inutile d'évoquer cet événement. D'ailleurs, nous nous moquons bien des petites aventures de nos voisins. Ma famille subit aussi cette inondation. À Nuits-st-Georges, mon père est boulanger, employé de notre héros éphémère, Monsieur Ratinole. Malgré tout, ce jour-là, mon père est au fournil. Il travaille. Avec de l'eau jusqu'aux genoux, affublé de très grandes cuissardes, il fait le pain du quartier. Son patron en a décidé ainsi. Les eaux sont montées, ma mère m'interdit de descendre au fournil, qui est au niveau de la cave, mais je passe outre et décide d'aller le voir. J'ai 6 ans, je suis médusée par ce spectacle : mon père, en lutte contre l'eau qui a envahi le fournil. Il a du mal à se mouvoir, le courant l'en empêche, l'eau l'entoure. Je l'observe travailler. C'est un peu comme si je lui exprimais mon soutien, cette horrible scène du rat m'a tellement choquée, que je suis effrayée de le voir ainsi dans l'eau, à manipuler la pelle. J'ai peur pour lui. « Allez, ouste ! Ne reste pas là, j'ai du travail, on ne sait pas ce qui peut arriver ».

Je remonte, triste de le laisser ainsi, cela m'inquiétera toute la journée. Peut-être qu'il va lui arriver quelque chose, que les rats vont débouler dans le fournil. Je m'imagine une cohorte prête à l'attaque, les crocs sortis pour mordre, dévorer les miches de pain cuites. Ou bien il va tomber dans l'eau sans que personne ne s'en aperçoive ni le l'entende, et qu'il finira noyé. En fin d'après-midi, il remonte, épuisé, je suis soulagée. Le lendemain, il aura droit à un encadré bien mérité dans le journal local.

Jocelyne LINDNER

Notre « sweet home »

Nous sommes cinq enfants, nous nous débrouillons pour grandir « à la va comme je te pousse ». Martial 14 ans, né d'une première union de ma mère, grandit chez son oncle. Jean, 13 ans, et May 11 ans sont les enfants d'un second mariage. Laurence, 1 an, et moi-même, sommes issues du troisième mariage de ma mère. Mes parents et les quatre enfants, nous vivons tout en haut de la boulangerie. D'un côté il y a la rue principale, avec les commerçants, la vie quotidienne. De l'autre côté, une cour commune à tous les voisins, les hangars, et un pigeonnier.

Nous occupons deux étages, ou presque. Au quatrième, il y a la cuisine, une salle à manger, la chambre de mes parents avec ma petite sœur Laurence. Mon frère Jean dort dans un coin aménagé du salon. Dans un petit renfoncement, à peine protégé d'un rideau, on trouve un pichet, une bassine, c'est notre salle de bain. Avec May, ma sœur aînée, nous partageons un même lit au cinquième étage, dans le grenier. La nuit les souris occupent l'espace. Les étés y sont chauds, les hivers glacials.

Conditions de vie

Nous vivons du salaire amputé remis par mon père à ma mère. Plus mon père s'enfoncera dans l'alcoolisme, moins nous aurons à manger. En été, ma mère ramasse les fruits au village voisin : « Pour mettre du beurre dans les épinards », comme elle dit. Mais il n'y a même pas d'épinards ! Les repas ne sont pas copieux, très monotones. Une paie de boulanger pour six personnes offre peu de possibilités, sans compter les dépenses pour la vinasse.

C'est à Nuits-St-Georges que j'ai pris conscience de notre état de précarité. Ma première visite à la boucherie de Monsieur Morin m'inculquera mes premières notions de classes sociales. Il me demande ce que je souhaite. « Et pour toi, cela sera ? « Je voudrais du mou s'il vous plaît ». « C'est pour un chat ? » « Non, ce n'est pas pour un chat, c'est pour nous, chez nous on mange du mou ». Du haut de sa caisse, Monsieur Morin essaie de me voir, je suis trop petite, il prend le mou dans l'étalage, l'emballe dans une feuille de papier journal. Je repars avec mon achat. Je sens son regard dans mon dos, qui me rend mal à l'aise. J'ai honte, je crois. En remontant je me surprends à me questionner : Ah bon, le mou c'est pour les chats, alors on mange comme les chats ? Quand je pose la question à ma mère, elle me répond « oui, mais c'est bon quand même ».

Jocelyne LINDNER

Les vêtements du dimanche

Tous nos vêtements nous sont donnés. Une vraie plaie. Je récupère toujours ceux de ma sœur aînée. C'est une règle immuable, dans tous les milieux sociaux d'ailleurs. À l'époque on économise, on n'achète pas, on ne gaspille pas. Nous sommes très loin de la société de consommation actuelle. Les habits sont toujours laids, trop grands. Ils sont dans les tons gris, marron, c'est triste, c'est strict. En 1964, en province, nous portons encore une blouse. Le pire c'est peut-être l'hiver, ma mère nous oblige à porter des fuseaux, des après-skis. Je supporte mal d'être fagotée ainsi. Il y a des choses auxquelles on ne s'habitue pas, même enfant. Il y a bien la robe du dimanche, tant désirée, mais je suis trop jeune. Dans les milieux catholiques, à 12 ans, c'est le temps de la communion avec la robe blanche appropriée, dans le milieu ouvrier qui est le nôtre, c'est l'âge pour la robe du dimanche.

Travail domestique orchestré par ma mère

Ma mère ne travaille pas, sauf en été. Elle nous dresse une longue liste répétitive, hebdomadaire de travaux divers. Les filles aident au foyer, cela n'a rien de surprenant pour l'époque. Faire les courses, c'est plutôt mon domaine, le ménage, nettoyer ceci ou cela, cuisiner pour toute la famille, faire la vaisselle, etc. Au début des années 60, nous n'avons pas de machine à laver, la lessive se fait à la main, dans de grandes bassines, ce qui occupe beaucoup de notre temps, d'énergie. Laver, faire bouillir, sécher, repasser, ranger. C'est un éternel recommencement, un protocole orchestré par ma mère, exécuté par May et moi-même. Laurence n'est encore qu'un bébé. Toutes ces tâches reposent sur les filles, certainement plus sur May, mon aînée, qui n'a que 11 ans.

Jocelyne LINDNER

La bouteille d'eau
de Cologne

Madame Louise Ratinole a une boutique, une droguerie juste à côté de la boulangerie de son mari Monsieur Ratinole, notre propriétaire et patron.

Je suis en admiration devant les bouteilles d'eau de Cologne. Il y a plusieurs formats, des petites bouteilles, des grandes avec de belles étiquettes colorées. Tous les jours, je passe devant ce rayon, juste pour le plaisir.

J'adore parcourir les longues allées. Les rayons sont pleins à craquer. Tout y est bien rangé. On y trouve de tout, pour la maison, l'hygiène. Une vraie caverne d'Ali Baba. Pour l'époque c'est une boutique assez moderne, mais bien trop chère pour nous.

Et puis un jour, je n'y tiens plus, je vole une bouteille, une petite de cette fameuse Eau de Cologne ; je l'attrape, la cache sous mon pull. En bonne propriétaire qui se respecte, Madame

Ratinole connaît avec précision le contenu des multiples étagères de son magasin.

Quelques heures plus tard, la boutique est fermée, Régis, fils du patron, monte au 5e étage, il me cherche. Je le connais bien, même très bien. Je comprends tout de suite pourquoi il est là. Je panique. Régis, c'est un adulte, c'est celui qui m'emmène tous les jours au pigeonnier. Il a réussi à calmer sa mère, à qui appartient la bouteille. Je dois lui rendre, personne ne saura rien. Si mes parents l'apprennent, je vais me prendre la raclée du siècle « comment puis-je voler les patrons ? » Je lui rends la bouteille. Par chance, elle n'est pas entamée. Je suis très angoissée. J'ai peur de la réaction de ma famille, car je ne fais pas confiance à Madame Ratinole, je sais qu'elle va tout raconter à ma mère. Tout, non peut-être pas tout. Ce que fait son fils avec moi, elle doit le savoir, ou le soupçonner, et l'occulter. Régis est adulte, il est grand, 19 ans, assez fort, un clone du père.

Le pigeonnier de Régis

Le lendemain, Régis m'emmène de nouveau au pigeonnier. Je ne me souviens plus de la première fois, comment tout à commencer.

Nous devons toujours passer devant la niche du chien, je n'aime pas ce chien, il tire toujours sur sa laisse pour sortir et aboie beaucoup. J'ai systématiquement peur. Parfois je refuse de monter, à cause de cette bête, ou c'est un prétexte. Quand je m'obstine, Régis me porte dans ses bras, nous grimpons au pigeonnier. Entre les hangars, l'arrière-cour des boutiques, comment ne pas apercevoir de ce manège récurrent ? Quand nous arrivons, cela pue. L'endroit dégage une forte odeur d'excrément de volailles, de passages de rats, souris, chats errants. Il y a une plate-forme où sont entreposés quelques vieux outils rouillés, des sacs de farine vides, des pelles de boulanger, tout un bric-à-brac de ferraille. Le rituel commence, je retire ma culotte, je sais ce que j'ai à faire. Régis m'explique que je ne pourrais plus rentrer dans la boutique. Sa mère a repris la bouteille, mais reste très mécontente. J'écoute, je fais ce qu'il me demande. Je suis peut-être moins récalcitrante que d'habitude, car il m'a sortie d'une mauvaise impasse.

Comme une poupée de chiffon, Régis me prend sous les bras, et m'installe au sol. Je suis à moitié dévêtue. Puis je dois m'installer sur lui, la plupart du temps je ne le vois pas, il est dans mon dos, moi assise sur ces jambes, plus ou moins au niveau des genoux. Il passe ses mains un peu partout, surtout sur les fesses et le pubis. À 6 ans, ce n'est pas comme à l'âge adulte, cela ne provoque rien. Il n'y a pas d'échanges. Je ne sais pas trop pourquoi je suis là, ni ce qu'on y fait. Je ne comprends pas trop ce que l'autre fait non plus. Il s'agite, émet des bruits bizarres, je ne me retourne pas, je n'ai pas envie non plus. C'est un code tacite, qui s'est mis en place.

J'évite toujours de le voir dans l'action. Ce n'est pas vraiment un jeu, je ne joue pas, il n'y a rien de ludique. Je suis une poupée de chiffon. Je subis, sans comprendre. Mais bon c'est Régis, c'est le seul qui m'accorde de l'attention, enfin c'est ce que je crois. Puis je trouve cela toujours trop long, je commence à gigoter, à dire que je veux partir,

cela m'énerve, j'ai besoin d'air. L'endroit est sor-
dide. Régis remonte son pantalon, ferme sa bra-
guette. Il me dit de me vêtir à nouveau. Parfois,
j'ai un truc collant sur les jambes ou les fesses.

Les fesses de Régis

Régis aime beaucoup «jouer à la poupée». Cette fois, les escaliers du pigeonnier sont bloqués par un ensemble de parpaings. Régis improvise, nous nous installons dans la cuisine de ses parents, le patron de mon père. Il ferme la porte à clé derrière nous. Nous nous adaptons à ce nouveau décor, cette nouveauté me déstabilise, je frémis. Il se positionne derrière moi, comme d'habitude. Nous n'avions rien entendu, tout d'un coup son père, l'énorme Monsieur Ratinole se trouve de l'autre côté de la porte, sur laquelle il tape violemment. Il veut rentrer dans la cuisine.

Régis le pantalon descendu, rampe, verrouille la deuxième serrure. Pour la première fois je le vois, lui de dos, son pantalon descendu en bas de ces jambes, ces énormes fesses à l'air, cela me dégoûte, sa nudité me rebute. Son père crie : « qu'est-ce que tu fous là-dedans ? Encore des saloperies ? » Je suis de plus en plus mal à l'aise. J'ai peur. Saloperies ? C'est quoi des saloperies ? Un sentiment de honte émerge, une culpabilité naissante s'éveille. Je me lève, je lui dis que je veux partir. Il insiste pour que je reste, les cris de son père et la vue de son arrière me projettent dans l'horreur d'un monde adulte délétère. Je me dirige vers la porte, il ouvre, je fuis terrifiée.

Les bonbons au caramel
ou un terrible secret

Le lendemain, Régis m'offre une grosse poignée de Carambar. Il m'achète. Je lui demande : « tu as joué à la poupée avec d'autres petites filles ? ». « Oui, me répond-il, il y en a eu une autre ». Elle, l'Autre, je l'ai cherchée. Je tentais de trouver sur les visages des fillettes de mon âge, des gamines dans la rue, les traces de ce même secret : celui d'être manipulée, trompée dans la croyance d'une reconnaissance même minime. Je ressentais le besoin d'échanger sur ces moments tellement particuliers, si loin du monde de l'enfance. À 6 ans, c'est un terrible secret, que l'on enfouit, parce que l'on a peur de le raconter. Si on l'exprime, on risque de se prendre une torgnole, on se moquera de vous, on vous traitera de menteuse. Dans le doute on se tait, car la peur est plus forte. Les Carambar débordent de mes poches, le sucre marron couronne mes lèvres, mes mains dégoulinent de sucre. Mon père, qui sort du fournil, me demande « d'où ça vient ça ? », je réponds la bouche pleine, tordue par le bonbon : « c'est Régis, qui me les a donnés », il passait justement derrière moi. Mon père lui a jeté un long regard bizarre, mais il ne bronche pas : c'est le fils du patron. Monsieur et Madame Ratinole savent que leur fils est pourri, mon père et ma mère connaissent beaucoup de choses, mais chacun décide de se taire, car on ne déclare pas la guerre pour une poupée de chiffon. Je crains aussi de perdre mon « protecteur ».

Parfois Régis vient jouer dans la cour avec nous, nous rions tous ensemble.

Qui est Régis pour moi ? Était-ce un frère ? Un ami ? Un tortionnaire, sans aucun doute, auquel je m'accrochais, comme un petit bateau arrimé à son chalutier.

Pendant ce temps, semblable à une vilaine petite graine, le secret croît. Il vit là, vous habite. Il vous marginalise. Vous démarque. Vous pensez que vous êtes « à part ». Vous vous construisez « à part ». Personne n'est là pour vous expliquer que vous êtes une victime. Qui d'ailleurs croirait une fillette ? On grandit, convaincue d'être l'architecte

active d'un tabou. D'ailleurs c'est quoi un tabou ?
D'où proviennent ces codes moraux, qu'enfant
vous ignorez. On prend conscience progressivement de ce que l'on a vécu, la honte vous sub-
merge. Notre tortionnaire, mué en larve lovée
dans notre corps, notre tête, exerce son emprise
pernicieuse. Et elle agit, vous paralyse, domine,
nargue, vous empêche de pointer du doigt le
bourreau, ce criminel, d'accuser vos parents qui
vous ont laissé tomber, elle occulte le pouvoir de
cette société pleine d'adultes, avec leurs grands
principes, leurs tabous préfabriqués prêts pour
l'école, la maison, etc. « Alors petite enfant, tu n'as
pas respecté les codes de bonne conduite ? »
« Oui, mais vous, les bien-pensants de l'ordre moral, où étiez-vous ? »

Questions à ma mère…
qui ne répondra jamais

Des années plus tard, à table, j'ai interrogé ma mère à ce sujet, « alors tu n'avais rien vu ? » « Si, je voyais bien que parfois tu faisais une drôle de tête », puis elle me fit des signes pour que je cesse de poser des questions, parce que, mon « linge sale » ne se lavait pas en famille.

Mon père a fêté un peu trop l'article flatteur du journal.

Mon père a tenté de reprendre le travail ce matin. La veille il a abondamment fêté cet encart dans le journal encensant son courage. Il est heureux, fier de ces heures à défier l'eau. En un instant, sa belle prestation est torpillée par le gros Monsieur Ratinole qui ne supporte pas de le voir, titubant, franchir le fournil. Sans préavis, mon père est viré. Les querelles éclatent entre mes parents. Nous devons partir, précipitamment. Plus de boulot, plus de logement. C'est un perpétuel recommencement. Sans cesse le même scénario.

À cause de l'alcool, mon père perd facilement son emploi. Mon père sait qu'il doit partir, mais il ne saisira pas cette opportunité pour s'adresser à son patron et son fils au sujet des sévices sexuels que je dois endurer. Mon père a d'autres préoccupations. La maltraitance de son enfant n'est pas son souci majeur, c'est juste un infime point sombre dans les entrelacs de sa vie. Ma mère ne saisira pas non plus l'occasion de ce départ pour tenter une discussion avec la famille Ratinole.

Jocelyne LINDNER

Mon père et May

Si j'étais une poupée de chiffon pour le fils du patron Régis, May ma sœur subissait les agressions sexuelles de son beau-père, mon père. À chaque occasion, il parcourait de ses mains le corps de ma sœur aînée. Il ne pouvait pas s'empêcher de la toucher. Il arrêta à la naissance de notre sœurette Laurence. May n'était pas sa fille, il abusait de la situation. Enfant, je m'étais accrochée à Régis, il avait sa place dans ma toute courte vie. Il était mon bourreau aux Carambar, j'étais sa marionnette, son exutoire. En sourdine, insidieusement, la souffrance se déployait, celle de devoir garder tout cela pour soi, de ne pouvoir rien raconter à personne. À 6 ans, j'avais « une double vie » partiellement immergée, enfouie.

May, plus âgée, plus consciente, habitée « de son propre secret » endurait silencieuse les agressions répétées de mon père, une effroyable torture. L'unique moyen qu'elle avait trouvé pour échapper à cette situation, et pour nous fuir, c'était la maladie. Ainsi, elle était hospitalisée pour des cystites à répétition. L'hôpital était son refuge.

Plus tard, cela sera le collège. Elle était terrifiée par son parâtre. Elle le fuyait. May ne parviendra jamais à oublier mon père, son prédateur. Elle le paiera par un mal-être profond durant toute son existence.

Passivité de ma mère

Je me suis souvent interrogée : et si vraiment ma mère n'avait jamais rien vu ? S'était-elle posé la question de l'origine des souffrances de ma sœur, savait-elle quel « dégénéré » elle nous avait choisi pour père ? Sans doute que non, elle était dépassée par sa propre vie, sans cesse écartelée entre des situations extrêmes. Elle priorise d'abord ses besoins économiques : comment remplira-t-elle les assiettes de la fratrie ? Ma mère se laisse déborder par les événements de sa réalité. Elle s'envase dans les mouvances de l'existence, nous, nous devions suivre. Elle était bien incapable de reconnaître, voire de confronter une situation de « pédophilie ». On peut soupçonner qu'elle-même avait subi des gestes équivalents. D'une façon ou d'un autre, la guerre était passée par là. Même si elle avait pu pressentir ce qui arrivait à ses enfants, elle refusait de reconnaître tout ce qui pouvait nuire à sa quête du bonheur, sa recherche de « l'Amour ». Ma mère avait subi de nombreuses vicissitudes, vécu maints revers à tous les stades de son histoire. Cette vie, la rendait incapable de juger ce qui était acceptable ou pas, incapable de déceler ce qui dépassait les limites. Elle souffrait, incluait toute sa fratrie, surtout ces filles, humiliées en permanence. Mais elle ne le voyait plus, car pour elle, cela faisait partie de la « vie normale », la vie de ces femmes qui ne peuvent plus rien démêler, car elles n'ont plus de repères sains. Elle était psychologiquement paralysée, incapable de prendre en compte les faits qui lui auraient permis d'endiguer la situation. Ma mère savait se débrouiller pour que nous puissions avoir à manger, « remplir les assiettes ». Néanmoins elle nous transmettait, qu'elle le veuille ou non, cette image d'une femme battue, soumise, et elle l'était acceptant tout pour rester avec « son homme ». Sa dépendance économique aggravait la situation.

Dans les années 60, les femmes étaient le plus souvent au foyer. Elles avaient une place bien définie dans le couple, qui se limitait à l'entretien de la maison, l'éducation des enfants, à la satisfaction sexuelle du mari. Si une femme avait étudié, elle pouvait peut-être se sortir de ce carcan. Ce n'était pas le cas de ma mère, qui n'avait pas reçu, ni avant ni pendant la guerre, une éducation poussée. Quand la guerre éclata, elle avait 13 ans. À sa majorité, elle s'est jetée dans la vie sans bouée, sans aucun respect des codes de bonnes conduites. Elle ne rentrait dans les « clous ». Elle aimait la vie, le sexe, elle était en quête permanente de l'amour, elle ne savait pas juger des conséquences de ses actes, elle entraînait tout le monde dans son chaos, loin du bonheur. D'ailleurs quel bonheur a-t-elle vraiment connu ? Souvent elle disait « nous les femmes, nous devons passer à la casserole ». C'est même ainsi qu'elle payait le loyer parfois… au village. De loin, sur ma marelle au village, je pouvais voir le propriétaire quitter discrètement notre maison. Ma mère nous éclaboussait de ses visions sordides, de l'image d'un sexe sale, violent. Celui qu'elle connaissait. Je ne pense pas qu'elle cherchait à nous épargner cette vision, elle considérait que c'était « ça » la vie.

Ma mère après la guerre

Peu de temps après la guerre, elle s'est mariée. Elle devait avoir 21 ans. Alors qu'elle était enceinte de neuf mois, d'un ancien résistant, bien vu dans la société d'après-guerre, il eut un accident mortel. Notre héros familial ne vit jamais son fils. L'enfant est né, il se nomme Martial. La famille du défunt, côté paternel, appartenant à la bourgeoisie provinciale, qui comprenait même un flic et un curé, retira progressivement l'enfant à ma mère, qui était plutôt mal vue. Elle venait d'une famille modeste, de cette classe populaire, que l'on méprise. Martial pouvait venir la voir de temps à temps, il grandit peu avec nous. Il fut éduqué par cette branche familiale. Ma mère n'avait pas pu se remettre de perdre son fils ainsi petit à petit. Ce retrait de mon demi-frère lui fut imposé, ce n'était pas son choix ; ce fut destructeur pour elle, comme pour toute mère à qui l'on retire l'éducation de son enfant.

Mon père a trouvé un poste au village voisin

Nous avons pris nos cliques et nos claques. Nous sommes dans notre nouveau point de chute, un village, pas très loin de Nuits-St-Georges. Ma mère nous inscrit à l'école sous un seul et unique nom de famille, celui de mon père génétique. Ma mère tenait à sa bonne réputation. Elle n'aimait pas les commérages. À l'époque dans les années 60, une femme divorcée ou remariée, ce n'était pas très bien vu. Ma mère se donne beaucoup de mal pour cacher nos identités réelles, elle oublie que tout le village a très vite appris le principal : que mon père est un alcoolique invétéré, violent, sans scrupule ni empathie pour sa famille, dont nous subissons les excès et injonctions. Un soir, ce fut la grande débâcle dont je fus une des protagonistes principales :

La quête du vin

Depuis des heures, mon père râle comme un fauve en cage : il n'y a plus assez de vin à la maison.

Les objets valsent ! Nous sommes heureusement toutes de petites tailles, les projectiles n'atteignent pas leurs cibles, nous les filles. Mon père jure. Les insultes fusent. Son discours confus est un résumé de rancunes, souffrances, jalousies, accumulées qui explosent comme un geyser, accompagnées de sons rauques sortis de sa gorge. Il réclame sa boisson favorite : du vin. Il a sa énième crise de délires. Cette fois, elle sera mémorable.

Dans ces situations de manque, il est incapable de se contrôler, enfin encore moins qu'en situation normale. Il faut admettre que les « situations normales » ne sont pas une pratique de la maison. Les yeux rougis par l'alcool, il se transforme en une espèce de pantin. Il titube, parvient à se maintenir droit, les sens toujours en alerte. On ne peut pas fuir, il le sent. Il possède un radar d'alcoolique.

Ma mère est la cible préférée de mon père, son premier souffre-douleur puis May, son deuxième souffre-douleur, moi-même, puis Laurence. Il n'y a personne pour lui opposer une quelconque force. Devant lui sont des femmes en larmes tapies dans les recoins de la maison.

Ses crises ont toujours lieu la nuit. Cela complique dramatiquement la situation. Nous vivons dans ce village traditionnel, avec une église, la place de l'église, l'école, la « Grande Rue », un boulanger, une épicerie, des habitants, qui écoutent, commentent, jugent, s'éclipsent. Bref, un village, Meuilley, avec ses clichés.

Il est très tard. Mais je n'ai pas le choix. Ma mère décide de m'envoyer chercher du vin. Comme à Nuits-St-George je suis la préposée aux courses. Je suis petite, bientôt 8 ans, mais c'est une de mes tâches, faire les courses. Cela va continuer pendant des années, au point où je développerai un certain savoir-faire auprès des commerçants dans toutes les villes où nous irons. Je ne parviens pas à croire ce que me demande ma mère, de sortir à cette heure. Je fais comme si j'avais mal entendu, je l'ignore, mais elle réitère sa supplique ; probablement elle ne se rend pas compte de ce que cela signifie pour moi : je devrais réveiller l'épicier au beau milieu de la nuit, après avoir traversé le village.

Mon père a entendu ma mère, me demander d'aller chercher du vin, il est ravi, il aimerait même que je sois déjà revenue. Je m'habille, je sors. Je n'ai pas le choix, entre un père en train de se métamorphoser en fauve et une mère effondrée, il n'y avait pas d'autre solution. Je cherche vainement ma veste pour sortir. Je sens déjà la panique me saisir.

Toutes les alarmes se déclenchent. Je n'ai jamais aimé la nuit.

Cette fois, je suis dehors. Quelle horreur, il fait vraiment noir !

Il y a bien quelques lampadaires, mais si faibles que l'on ne voit pas grand-chose. Je m'agrippe à la rampe froide pour descendre les marches de la maison. Je sens mes jambes flageoler. Je descends les marches, je me penche sur la rambarde pour voir, sentir, entendre, me repérer dans l'obscurité. J'analyse mon périmètre. J'essaie de faire le moins de bruit possible. Je suis en bas des marches, j'avance sur le gravier, je fais décidément trop de bruit. Si je continue ainsi, je ne pourrais pas entendre ce qui se passe autour de moi. Maintenant c'est moi qui ai un radar dans la tête.

J'écoute.

J'écoute parce que je ne vois rien ou pas grand-chose. Je suis dans la Grande Rue. Je dois encore marcher un bon moment avant d'atteindre l'épicerie. Je repousse le problème. Je ne sais pas comment je vais réveiller l'épicier, mais je n'ai pas le temps de gérer cela pour le moment. Je dois scruter la nuit au cas où… Mes yeux s'habituent à l'obscurité. Mon corps est complètement tendu, raide comme si chaque parcelle subissait un choc électrique. J'élabore une tactique : je ne dois jamais me retourner. Si je me retourne, cela sera pire. Si je me retourne, il y aura peut-être un monstre derrière moi, ou un animal, un être méchant, ou quelqu'un, quelque chose pourrait arriver de face, me surprendre. Pourtant j'aimerais tellement me retourner pour être sûre que j'ai la voie pour moi seule. Je continue sur la Grande Rue. À droite, il y a la vieille bascule du village. Là où on pesait autrefois les tracteurs avec leur charge. La journée, je joue dessus, c'est drôle, cela bouge tout le temps. C'est un peu une copine de jeu. La nuit, elle bouge aussi, elle ne dort jamais. Le bois grince. Elle vit. Elle observe. Elle a aussi un radar, elle sait tout. Elle est là depuis si longtemps. Elle veille sur le village. Je hâte le pas. La bascule m'a vue. Je suis sûre que la bascule va me happer, qu'elle veut m'engloutir pour les supplices quotidiens que je lui fais subir, sauter, courir, jouer à la marelle. Cette nuit, elle n'est plus un refuge de joie, mais une masse noire mouvante menaçant de me dévorer. Elle va sortir de sa fosse, s'extraire sur ses quatre pattes, m'engloutir. Peut-être que je pourrais négocier avec elle après tout, si je lui promets de ne plus faire de grande marelle à la craie, ou si j'arrête de sauter, elle accepterait de rester à sa place cette nuit.

Je passe devant la maison de notre voisine. En journée, les fenêtres sont ouvertes, la voisine me regarde toujours souriante. C'est la seule personne gentille dans ce village. C'est elle qui nous héberge quand mon père devient dangereux. Cette fois, les volets sont fermés. J'imagine que tout d'un coup ils s'ouvrent avec fracas, sa tête jaillit, je vois son visage, c'est un amas de grimaces, un affreux rictus habille ses lèvres. Je saute sur le côté pour m'éloigner de la fenêtre. J'accélère le pas, je tourne la tête : les volets sont fermés.

Je continue mon chemin

Les ombres deviennent de plus en plus grandes. J'ai atteint la place du village. C'est terriblement silencieux. Elle est énorme. Il y a une ombre immense, celle du clocher. Elle trône de toute son horreur. Elle va m'écraser. C'est trop haut, trop loin, trop puissant. Je me sens microscopique sur cette place. Elle est entourée d'arbres en cercle : et si quelqu'un se cachait derrière ?

J'élabore une deuxième tactique pour la traverser : ou je longe sur le côté, mais je ne pourrai plus voir le clocher, ou je traverse en courant par le milieu de la place. Je veux prendre de vitesse l'ombre du clocher. Je ne veux pas qu'elle m'aperçoive. Je n'aime pas cette ombre, gigantesque, sévère, dominante, peu accueillante. D'ailleurs dans ma famille, nous n'aimons pas les clochers, et tout ce que cela comporte. Ce clocher, il est comme tous ceux du village, il observe, il juge. Je prends mon courage à deux mains, seulement à deux mains, non à dix, vingt mains, que fait une fillette sur une place de village après minuit ? Je la traverse en courant. Je me retourne pour voir ce que fait le clocher. Je suis sûre qu'il a bougé. Je serre mon filet de courses dans mes mains. Je le serre tellement fort que mes doigts me font mal. J'arrive devant la boutique haletante. Je serre toujours mon sac ; cela sera pour les bouteilles de vin. Je suis contente d'y avoir pensé. Je dois rapporter deux bouteilles au moins. L'épicier est fermé. Tout d'un coup je réalise que peut-être il ne va pas ouvrir. Que vais-je faire ? Comment vais-je pouvoir le réveiller ? Ma mère m'a envoyée, car il me connaît. Mais je ne sais pas si cela est suffisant. Je ne sais plus comment faire. Tout est très silencieux. Je regarde désespérée à gauche, à droite. Comment vais-je faire pour que l'épicier ouvre sa boutique ? Je suis mal à l'aise. Je ne veux pas réveiller le voisinage. Je ne veux surtout pas que l'on me voie, que le lendemain à l'école, on me toise de biais.

Je suis seule devant l'échoppe. Quand je scrute à travers la vitre, j'ai l'impression qu'elle est immense, silencieuse, tout y est bien rangé. Elle ne m'attend pas. Je frappe doucement contre les carreaux. Une fois, deux fois, trois fois. Je continue de scruter les alentours : qui sait, une ombre peut encore surgir ? J'entends les volets de la fenêtre à l'étage, c'est l'épicier. Il me voit. Il descend. Je n'ai rien dit, rien demandé, mais il apparaît bientôt sur le pas de la porte. Je suis contente qu'il me reconnaisse, qu'il ne dise rien. Il me tend une première bouteille, mais je fais signe avec mes doigts qu'il m'en faut deux ! Nous n'échangeons aucun mot, comme une vieille transaction millénaire polie par le temps. Malgré tout j'ai honte, je me sens devenir encore plus petite devant cet énorme épicier. Je mets les deux litres dans mon filet. L'épicier me suit, ferme la porte de la boutique derrière moi. Je prends mon filet dans mes bras, sers fort les deux bouteilles, tant attendues. Je suis de nouveau seule dans le noir.

Je regarde à gauche, à droite : aucune ombre en vue. Là, je fonce, je cours, je ne regarde plus rien, je connais mon terrain, je sais où sont les ombres.

Je surprends le clocher dans sa lenteur. Je méprise son ombre, elle ne pourra plus m'atteindre.

Cette fois, la bascule est en retard. Je l'ai déjà dépassée quand elle commence à grincer. Je trouve son ombre ridicule. Je cours, encore. J'avance, je ne me retourne pas. Ces deux bouteilles dans mon filet m'octroient une puissance incroyable. Je vois la lumière de notre maison. Ils sont tous éveillés. On m'attend. J'ouvre la porte. Tout mon corps tremble. Je suis parcourue d'un frisson de la racine des cheveux à la plante des pieds. À bout de souffle, je retire mes chaussures. Je ressens une petite pointe de fierté et me gratifie d'un bon point : j'ai réussi, j'ai le vin pour mon père. Je dépose les deux bouteilles dans l'entrée. Je n'entends plus rien. Ma mère, les yeux dévorés par les larmes, est assise sur les marches de l'escalier menant à l'étage, où mes sœurs se sont réfugiées. J'entre dans la cuisine, je perçois un effroyable bruit de ronflements : mon père s'est endormi.

Jocelyne LINDNER

L'école le lendemain de cette virée nocturne

Au matin, je reprends le chemin de l'école. J'adresse un bonjour matinal à mon institutrice. Pourvu qu'elle ne sache rien. Je n'ai aucune envie de croiser son regard insistant, son sourire sculpté, appris dans les manuels de formation, du parfait « petit maître ». Mes péripéties nocturnes me hantent. À l'heure de la récréation je choisis un coin isolé de la cour, je n'ai pas envie de jouer. Je ne veux voir personne, pas même mes copains habituels, que je rabroue. Je me sens mal. Je suis encore submergée par la peur, ou la honte. Je ne sais pas définir ce qui m'arrive. Mes sens sont toujours en alerte, j'ai l'impression que mon corps pue la honte, la peur. Bientôt, tout le village sera informé de cette nouvelle nuit mouvementée. Les ragots iront bon train « si ce n'est pas malheureux de voir cela » les habitants jacassent sur nos faits et gestes. Ils s'en abreuvent, ils chassent l'ennui.

Nous savons ce qu'il se dit au village : « ce sont des pauvres, rien d'étonnant, le père boit », il

dilapide une bonne partie de la paie dans l'alcool.
« Le père s'est fait virer à Nuits-St-Georges ».

J'aimerais tant me libérer de cette honte, semblable à une tache indélébile, une de plus, la honte
d'avoir un tel père. Si je pouvais enfermer tous les
souvenirs de cette nuit d'effrois dans une petite
boîte, et l'oublier loin dans la forêt, je me sentirais
tellement soulagée. Ramener deux bouteilles de
vin à la maison, c'est bien, mais je ne le ressens
pas comme vraiment gratifiant. Je veux ressentir
la satisfaction de se savoir estimée, appréciée, aimée, comme pouvait l'être ma sœur May dans son
collège.

Je me mets en tête de copier ma sœur dans ses
études, devenir la meilleure, la favorite de mon
institutrice : séduire la divinité locale à l'instar de
ma sœur dans son établissement scolaire.

May s'épanouit au collège de la ville voisine.
C'est une élève douée, appréciée. Elle lit beaucoup aussi, souvent en cachette. Elle prend une
lampe de poche, lit sous les draps. Mon père con-
sidère que lire est une perte de temps, il râle toujours que l'électricité coûte cher. Avec de vieux

chiffons, nous camouflons le bas de porte pour étouffer la lumière, éviter les réprimandes. En dépit de ses nombreux obstacles, elle rafle tous les premiers prix. Malgré sa mauvaise santé, ses absences régulières, elle est la coqueluche des professeurs. Elle parle de son école comme d'un lieu mythique, peuplé d'amis. C'est son royaume.

Quand elle rentre le soir, j'aime écouter ses échanges, les anecdotes, les cancans glanés ici et là au collège. Bien qu'admirative, je dissimule une jalousie tenace, et une envie irrésistible de me sentir apprécier, comme elle.

Le monde des instits

À la fin des années 60, les institutrices y sont toujours aussi importantes que les curés. Institution ambulante, elles ont un pouvoir surdimensionné surtout dans les petites communes. Obtenir leurs considérations c'est comme gagner des galons dans un corps d'armée, on assure ainsi quelques années de « gloire », de fierté au sein de l'école, voire dans le village. Dans les cérémonies officielles, on trouve toujours le maire, le curé, la représentante de l'enseignement laïque, suivie de ses sbires : les institutrices. Elles sont sévères, soumises elles-mêmes à de nombreuses règles de conduite, issues des codes moraux étriqués de l'époque. Je suis en primaire avec des notes honorables. Au bourg tous les niveaux sont regroupés du cours préparatoire au Certificat d'études. Inexpérimentée, je tente d'attirer l'attention de mon enseignante, je minaude, j'écoute le cours de la classe supérieure, voire je me moque des élèves plus âgés, hochant la tête comme si je comprenais quelque chose. Lors des interrogations orales, je lève toujours la main, accompagné de lourds regards sous-entendus : « moi, moi, je sais ». Cabotine, je ne lésine pas dans les excès de zèle. Je rêve de la première place. Sous l'œil narquois de ma sœur, je me vois déjà raconter à la maison, mon ascension vers le piédestal où trône ma maîtresse.

Fête des écoles

Tous les ans a lieu la fête des écoles. Nous répétons les danses en fin d'après-midi. Les élèves sont plus ou moins synchronisés. Ce sont toujours des petits ballets, courts, rapides, souvent des rondes, des quadrilles simples à retenir. Pendant les répétitions, on essaie les costumes. On y trouve des déguisements enchanteurs, des couronnes de fleurs pour les cheveux, des habits de lutin. J'adore toucher ces tissus, me travestir. Je profite de ces moments pour enfiler de larges pantalons bouffants colorés, j'essaie des chapeaux multicolores. La robe de princesse en tulle rose me fascine, les diadèmes en plastique m'envoûtent. De doux rubans s'entremêlent à mes longs cheveux bouclés. Je parade perchée sur des chaussures trop grandes à talons hauts. Je virevolte, danse, bouge dans tous les sens. Je saute, tourbillonne. Je suis euphorique. Tous ces tissus, ces couleurs, ces formes m'enivrent. Le miroir reflète mon image, je souris : je suis la reine !

Le jour de la fête des écoles, chaque classe attend son tour pour son passage en scène. Les parents sont présents, mais aussi ma mère et mes sœurs. Les institutrices, stressées, s'agitent dans les « coulisses ». Dans les villages, les représentations se tiennent à la salle des fêtes, qui ne brille pas par son confort. Il y fait froid. Au programme de mon groupe, on débute par une grande ronde pour annoncer le printemps. J'attends. Je tiens le rôle principal. Dans l'arrière-salle, mon institutrice me demande de retirer un gros gilet de laine verte, que je porte à cause du froid. Elle me met en garde, me rabâche de ne pas oublier d'enlever cette pièce miteuse. Je dois apparaître sur scène à un moment précis pour danser quelques figures, lire un poème, qui symbolise le changement de saison. Je suis la messagère du printemps. Ding, Dong, la cloche retentit. Je bondis sur scène. J'ai une tenue blanche, des chaussettes blanches, un serre-tête à paillettes, un instrument de musique à la main… et un vieux gilet vert affreux en laine. Toute la salle rit. J'entends ma maîtresse fulminer. Je sens la honte m'envahir, je remarque vite mon erreur. Je continue mes pas de danse. Je tiens jusqu'au bout avec mon gilet vert. Je ne sais pas ce que je dois faire. Trop tard. L'ambiance est bienveillante. Toute la classe est applaudie, on oublie mon erreur, mais pas mon institutrice. Toutes mes tentatives de séduction s'écroulent le temps d'un ballet. C'est la chute. L'enseignante ne digère pas mon étourderie. Avec une vitesse vertigineuse, sa main s'abat sur ma joue, m'afflige dans le couloir d'une claque phénoménale. Ce piédestal que je convoitais tant s'est effondré comme un soufflé froid. Dans ma tête d'enfant, c'est un drame, je perds l'estime tant recherchée de mon institutrice. C'est définitif, je ne ferai pas partie de ses « chouchous ».

J'abandonne très vite mon jeu de séduction. Je n'ai pas la tête de l'emploi, séduire une notoriété locale est bien trop compliqué. May est parfaite dans ce rôle, je lui laisse volontiers. Je ravale mon échec, poursuis mes jeux sur la bascule, parcours le village en vélo.

Jocelyne LINDNER

Escapade entre gamins, on s'amuse bien !

C'est ma distraction favorite. J'ai récupéré une vieille bicyclette. J'ai appris seule. Mes genoux ont enduré beaucoup de chutes, de vols planés spectaculaires. J'ai tenu bon. Je traverse le bourg dans tous les sens. Unique moment de liberté, je m'éloigne de la maison, je respire, enfin. Je repère de nouveaux chemins pour la prochaine visite de mon frère aîné Jean. Il vient nous voir de temps en temps. Il suit un Certificat d'Aptitude Professionnelle de pâtissier en ville. Ce dimanche, il est parmi nous, ce jour-là, les gâteaux à la crème abondent. C'est la fête. Mon père ne supporte pas mon frère, car il n'est pas son fils. Quand les habituelles disputes commencent, Jean, May, et moi-même prenons la poudre d'escampette. Une fois dans la montagne, j'opte pour le rôle de guide. Je m'applique à leur faire découvrir tous les sentiers. Nous grimpons sur la colline boisée du village. Nous discutons de tout et de rien. Nous commentons les dernières péripéties de notre vie familiale. Nous ne nous plaignons pas, de toute façon cela ne changerait rien. Nous nous amusons en nous moquant des gens d'en bas, de ces villageois que nous haïssons.

Nous rions ensemble, tous les trois. C'est un moment de liesse. Nous nous gavons de framboises, mûres sauvages. Gorgés de fruits, nous élaborons notre prochain plan de bataille : nous adorons chaparder. C'est une de nos distractions favorites. Cette fois, mon frère très expérimenté prend la tête des opérations. Si notre père l'apprend, nous subirons une réaction violente. L'ivrognerie, « c'est un mal social, on n'y peut rien » paraît-il, mais voler, non c'est immoral. Que dirait l'entourage ? Nous pénétrons par le grillage percé dans les vergers clos. Nous avançons lentement, nous courbons ensemble l'échine pour ne pas être vus. Nous arpentons tout l'espace dans l'espoir de trouver des pommes, des poires, et peut-être plus. Nous traînons à gauche, à droite. Mon frère élabore de nouvelles tactiques. Les pommeraies bien entretenues sont tentantes, mais plus dangereuses, nous pourrions être découverts, impossible de nous cacher. Nous craignons les chiens. Au moindre aboiement, nous détalons.

Nos récoltes sont pauvres, nous engloutissons tout, souvent ce sont des fruits à moitié pourris ou peu mûrs, mais c'est notre butin, c'est succulent. Quand l'après-midi s'achève, rompus de joie, le bonheur dans les artères, tous les trois quittons la colline, les jambes écorchées, les vêtements salis par la poussière. Friser l'interdit c'est tellement excitant. Quand nous rentrons au village, notre père, enivré, titube sur le seuil de la porte. Nous rayonnons de joie, nos visages parés de sourires le rendent malade. Il ne supporte pas de nous voir heureux. Nous ne lui laissons pas le temps d'essayer de battre mon frère. Ma mère, habituée de ses excès de jalousie, se profile dans l'encoignure de la porte, glisse doucement un sac à mon frère. Chancelant, mon père agite ses bras dans l'air, tel un pantin pourfendant l'ennemi. Jean est déjà loin, il nous adressera un dernier signe en nous promettant de revenir bientôt. Nous savons bien que cela n'est pas vraiment vrai, mais galvanisées par ces heures heureuses, nous y croyons « dur comme fer ».

Mes lapins

Enhardie par notre dernière virée sur les coteaux, je décide une opération en solo. Dans ma longue liste de tâches définies par ma mère, je dois nourrir les lapins. Je les aime bien. Eux, au moins ils m'aiment, au moins j'en suis certaine. Il y a la mère, et ses deux enfants. Placée en hauteur, je suis censée nettoyer la cage régulièrement, je ne le fais pas trop souvent. Quand je prends un râteau pour récurer, je récupère tout sur la tête, je suis trop petite. Je nourris mes bêtes, je discute avec elles. J'y passe beaucoup de temps. Personne ne vient, l'endroit empeste. Je demande à notre voisine, la fermière, ce qui est meilleur pour mes bêtes : « la luzerne », me répond-elle. Sans hésitations, je prends mon vélo, et un cageot de bois, que je fixe sur le porte-bagages. Je parcours une belle distance, je découvre enfin un immense champ de luzerne ; je jette mon vélo sur le côté de la route. Petit coup d'œil autour de moi, gauche, droite, personne. Je remplis mon cageot d'herbes. Il est presque plein, je jubile, quelle belle surprise pour mes lapins. Je suis tellement heureuse, que j'en oublie le reste.

Tout d'un coup, un vieil homme apparaît, derrière moi. J'étais si occupée que je n'ai rien entendu. Il s'approche encore plus près. Il crie : « Arrête de voler ma luzerne ! ». Je me défends, je lui explique que c'est pour mes lapins. C'est raté. Il crie encore plus fort. Il hurle. Je m'écarte de lui. Il me fait peur, il est vieux, laid, méchant. Il exige que je dépose toute l'herbe coupée dans le champ. J'ai les larmes au bord des yeux. Il surveille mes gestes s'assurant que je lui rende tout son bien. Son ton est de plus en plus menaçant. « Allez, dépêche-toi ». Mon cageot est maintenant vide. Je remonte sur mon vélo, je repars. Le tyran m'observe, je sens son regard dans mon dos. J'éclate en larmes, j'essuie mon visage, qui est maintenant plein de traces de terre. En route, je m'arrête pour arracher quelques mauvaises herbes, qui poussent au bord des routes pour mes animaux. Je ne peux pas rentrer bredouille. Tout en sanglotant, je les nourris, reste un moment avec eux, je leur raconte ma mésaventure, j'attends que les traces de mon chagrin s'effacent. Mon père nous a annoncé une surprise prochaine, je tente de dissimuler mon chagrin.

La visite de mon oncle

Aujourd'hui, dimanche, mon père Guy s'est rasé fraîchement, il porte des vêtements propres, il ne pue pas encore l'alcool, mais c'est encore tôt. Après une heure d'absence, une voiture le dépose devant la maison, lui, accompagné d'une personne en chaise roulante, c'est son frère. Découverte, j'ai un oncle handicapé moteur. À peine rentré dans la maison, nous saluant à peine, mon oncle commence à fouiner partout. Il se déplace avec sa chaise comme une torpille, regarde dans tous les coins, ouvre les placards, les armoires. Ma mère ne semble pas le connaître. Elle est sidérée, mais ne dit rien. Mon oncle, nous examine, sans gêne, nous les filles, de la tête aux pieds. Il ne cherche pas à communiquer avec nous.

Ma mère prépare le repas. Il y a seulement un steak dans le frigidaire, qui est réservé habituellement à mon père pour sa semaine de travail. La viande c'est du luxe, c'est une denrée rare. Ma mère frit le morceau. Les deux hommes se le partagent sous nos yeux. Nous gardons le nez dans nos assiettes. Le repas est silencieux. Nous n'entendons que le bruit métallique des couverts, les hommes mastiquent bruyamment. Ils arrosent le tout d'un petit verre de vin. Ils sont répugnants, arrogants d'égoïsme. N'y tenant plus, je demande : « mais pourquoi eux, ils ont de la viande ? ». Sous la table, ma mère me balance un violent coup de pied dans le tibia. Je ne bronche plus, j'ai compris le message. J'ai droit au regard réprobateur de ma sœur aînée. Je ne parvenais pas à comprendre une telle injustice, et surtout pourquoi ma mère et ma sœur restaient muettes. Elles avaient peur. Le repas fini, les hommes resteront à boire à la cuisine. Au crépuscule, une voiture revient chercher « la bonne surprise » pourrie de mon père. Comme dans un dernier numéro de cirque, mon oncle pivote sur sa chaise roulante, nous fait face, nous salue d'un « bonsoir » glacial, méprisant. Je suis déçue de constater que mon oncle n'est pas vraiment quelqu'un de gentil, pas vraiment différent de mon père. Frondeuse, je quitte la maison pour ma prochaine corvée du soir : celle du lait.

Jocelyne LINDNER

Corvée du lait

Tous les soirs, je prends le chemin de la ferme qui est à l'autre bout du village ; l'été c'est un plaisir, une petite balade, mais l'hiver, c'est une punition. Il commence à faire nuit très tôt. Souvent il pleut, il fait froid. Une fois en route j'appréhende. Je me retourne tout le temps. Je suis toujours persuadée d'être suivie. Je marche vite pour atteindre au plus vite l'étable, pour l'heure de la traite. Rater la vente du lait engendrait encore des disputes à la maison. Les chiens traînent dans la cour. Je passe rapidement devant eux. Ils ne doivent pas détecter mon malaise. Une fois, un chien m'a repéré, il s'est rapproché, en jappant, paralysée j'ai dû attendre que le fermier sorte pour le calmer.

Je rentre dans l'étable, ça pue. L'odeur m'écœure. Je n'aime ni le lait ni les vaches. La fermière est toujours en train de traire. Elle est gentille. Je lui inspire toujours un profond regard chaleureux, « Quelle pauvre gamine, si ce n'est pas malheureux ! » Il faut dire que je ne suis pas bien grosse avec deux rotules proéminentes, bouffées par le rachitisme. Je dois attendre mon tour. On me remplit mon récipient en métal, parfois c'est un seau, trop lourd. J'en renverse toujours une partie ; on paie à crédit, comme toujours. C'est une pratique normale dans les villages, règlement en fin de mois. Chez nous, on ne fait pas la différence, début, fin de mois. Nous avons des dettes chez tous les commerçants du patelin. Je veux partir vite, retrouver les lumières. J'ai mon récipient de lait, je prends le chemin inverse. Il pleuvine. La route est éclairée au petit bonheur la chance. On entend toujours les chiens aboyer, je recommence à me retourner. Cela sent la pluie, l'humidité, l'herbe mouillée, je frissonne. Je ne supporte pas cette odeur laissée par la pluie elle m'effraie. J'aimerais pouvoir me boucher les narines. Les moustiques se battent autour de l'unique lampadaire. Je marche très vite avec mes petites jambes. Enfin j'arrive à la maison ; je pose le tout sur la table de la cuisine. Comme tous les soirs j'ai encore du mal à m'en remettre, je tremble encore, comme si l'odeur de la pluie noire me suivait.

Je verse le lait dans la casserole, je dois préparer la crème pour le lendemain matin. Le lait est chaud, et dégage son odeur de pluie. J'ai envie de vomir. Cette fois, je suis décidée : je vais voir ma mère, je n'irai plus chercher le lait : j'ai peur la nuit. Ma mère accepte. Indignée, ma sœur aînée qui a récupéré cette tâche, rouspète, crie, se moque. Et alors « puisque tu es grande, tu n'as qu'à y ailler ». Je lui propose en échange de cirer les chaussures de toute la famille, tâche qui lui était réservée. C'est une tâche très longue, dé-poussiérer, cirer, attendre le séchage, le tout deux fois. Finalement nous arrivons à un accord. Le lendemain je prends toutes les godasses, m'ins-talle dans un coin de la maison, j'étale largement les chaussures autour de moi, je me construis un bouclier. Chez les pauvres, cirer les chaussures, est une forme de préservation du patrimoine. Plus « vos chaussures sont propres, plus on vous con-sidère », pense ma mère. Ce qui est sûr, c'est que je n'aurais plus à sortir la nuit, au moins pour le lait, à supporter l'odeur de la pluie, les frayeurs nocturnes, ces aboiements lugubres des chiens. Mais la nuit, elle existera toujours, elle n'aura de cesse de m'effrayer.

La carabine

Dans les derniers temps, mon père est de plus en plus irrationnel. Le mois dernier, il avait décidé d'acheter une carabine, neuve. Un soir il pénètre dans la maison, avec son nouveau jouet, il le pose sur le rebord de la fenêtre. Après avoir bu pas mal de verres, se tenant à peine debout, il prend l'arme, nous cible, prêt à nous liquider, pour de vrai, pour de faux, quelles balles ? Je ne sais plus. Nous sortons en courant, nous nous camouflons derrière les arbres de la cour, jusqu'à ce que la voisine nous propose de nous héberger. Elle est courageuse, digne, âgée. Nous nous précipitons dans sa maison. Il se rend chez elle, nous cherche. Il frappe à la porte. Elle lui tient tête. Il la craint. Elle n'ouvre pas ; Puis mon père abandonne son fusil de chasse, à terre. Il part avec sa mobylette, il découchera. Le lendemain ma mère a porté l'arme à la gendarmerie. Elle accusera « son homme » d'« abandon du foyer familial » ou quelque chose dans ce goût, mais elle ne portera pas plainte pour violences conjugales ! Être une femme battue à l'époque était monnaie courante, et ne méritait pas d'être signalé, c'était même banal, bien souvent on disait « qu'elle l'avait peut-être cherché, on pouvait même entendre qu'une correction n'avait jamais fait de mal à personne ».

Les femmes de mon père

Entre autres événements nous avons eu récemment l'occasion « de faire la connaissance » d'une future maîtresse » de Guy. Ma mère avait des amis qui possédaient une voiture. Un jour ils sont venus nous chercher avec leur Dauphine bleue ; nous sommes allés dans une guinguette, boire un verre. Une grenadine pour moi. Là il y avait une femme, très élégante, protégée par deux hommes d'origine africaine. C'était la première fois que je voyais des gens d'un autre pays. Cette femme médusait mon père. Comme attiré par un aimant, il s'est approché d'elle, les hommes l'ont repoussé. « L'hôtesse », d'un signe de tête, fit remarquer à mon père que des enfants étaient là. Ma mère, paniquée, et désarmée devant sa famille et ses amis, suppliait mon père de nous rejoindre. Nous avons quitté le local. À présent, nous savions où l'argent de mon père passait : dans l'alcool et dans le lit des femmes.

Ma mère craque

Après l'excursion dominicale humiliante, ma mère a craqué. Dans ses moments de désarroi, elle pleure. Elle n'a pas vraiment d'amies à qui se confier, elle commence à parler, à nous expliquer ses démarches pour se défendre, auprès de l'assistante sociale, à la gendarmerie, etc. Plus tard, elle se laissera aller au point de me raconter ses difficultés intimes. Je n'y comprends rien ! Je panique toujours, je ne sais pas lui répondre. Muette, je culpabilise beaucoup, car je ne peux pas l'aider. Elle se confie. Que je saisisse ses propos ou pas, ne joue finalement pas un grand rôle. Elle est dans son monde. Elle disjoncte. Elle n'a plus de discernement. Elle raconte ses mésaventures, ses romans sont de piètres jeux d'adultes. Elle ne connaît pas de contes pour enfants ! Elle m'effraie avec ses histoires intimes peu appétissantes. Ses longs monologues, proches du délire, impacteront terriblement ma vie de jeune fille. Les descriptifs de ses relations compliquées ne m'ont jamais quittée. Ses phrases résonnent encore, m'imbibant de schémas néfastes, obscurcissant ma vie, déjà largement noircie par ma petite enfance.

Autres violences
de mon père

Certes, mon père était infidèle. Mais s'il n'y avait eu que cela ! Plus l'alcool le rongeait, plus ses actions étaient destructrices. Une seule fois, les gendarmes se sont déplacés. Tous ses agissements ultras violents à l'égard de sa famille restèrent impunis. Et la liste était longue. L'ivrognerie exacerbait son sadisme latent. Après la phase de la carabine, nous avons vécu l'expérience des couteaux de cuisine. À l'époque, les rémouleurs passaient dans les villages, les couteaux devaient être toujours bien aiguisés. C'était une forme de patrimoine. Ils coûtaient chers, ils devaient être bien entretenus. Un soir, il sortit du tiroir, un de ces couteaux par le manche. Il visa ma mère, puis May, les lames volaient, frôlant parfois leur visage, avant de retomber au sol. Je n'étais pas sa cible, car Laurence et moi-même étions de son sang. Même ivre mort, il savait nous reconnaître. Nous avions hérité à mon grand regret de sa physionomie. À nouveau, la fuite était la seule solution pour nous protéger.

Sa folie meurtrière était sans limite. Un jour, brisant la quiétude d'un moment doux avec ma mère, il est rentré plus tôt. Les disputes ont commencé. Il a allumé le gaz, traîné ma mère jusqu'aux fourneaux, serré sa gorge au-dessus du bec. C'est mon cri qui le sortit de sa torpeur dévastatrice. Des espèces de transes, brutales s'emparaient de lui. La plupart du temps, quelques heures après, ils regagnaient ensemble la chambre à coucher. C'est toujours sur l'oreiller qu'ils réglaient leur contentieux.

Souvent il s'en prenait à mon frère Jean, qui collectionnait les voitures miniatures, sa passion. De colère mon père broya tous ces petits jouets. Faute de pouvoir détruire mon frère physiquement, il réduisait en miettes ses jeux, sa canne à pêche, toutes les joies d'un jeune garçon. Peu de temps après ma naissance, Guy frappa Jean, jusqu'au coma. Il fut hospitalisé. Les gendarmes sont venus établir un constat, qui restera sans suite juridique. À l'époque, infliger une correction à son fils, même violente n'alarmait personne.

Avant de partir, pour son apprentissage, Jean qui n'avait pas 14 ans, s'était installé dans le jardin d'un voisin, sous une tente prêtée.

Décès de mon père

Ce soir, nous sommes en 1969, j'ai 9 ans, un monsieur est venu nous visiter. Je ne l'ai jamais vu. Quand il me voit avec ma petite sœur Laurence, il se met à pleurer encore plus, il est avec les gendarmes. Je ne comprends pas trop la situation.

Il a renversé mon père avec son tracteur. Mon père est mort.

Ce jour-là, il rentrait avec la paie intacte ! Un fait resté inexpliqué à ce jour.

Plusieurs jours se sont écoulés, le perron de la maison est paré d'une immense tenture de deuil. Je suis très impressionnée. Je comprends mieux peut-être. Je ne vais pas à la cérémonie, je suis soidisant « trop jeune ». Sans logique, ma mère consent à cette recommandation du voisinage. Pardi, elle est bien trop jeune ! Qu'on se le dise : dans cette famille unie, on n'expose pas les enfants à cette grande tristesse : l'enterrement de son père ! Pour aller quémander son gros rouge dans la nuit, je n'étais pas trop jeune, pour avoir enduré ses crises violentes de délires non plus. Quelle mauvaise foi ! Que d'hypocrisie. Je parviens à m'esquiver, je monte sur mon vélo, curieuse. Tout le village suit la procession mortuaire, une foule compacte marche silencieusement. Tout d'un coup, je découvre de nombreux amis inconnus. En rentrant, ma mère, avec une pointe de fierté, nous dira : « Que de monde ! ».

Tous sont venus se racheter une mauvaise conscience, celle de nous avoir laissé crever !

Ce décès m'a perturbé dans un sens inattendu. Si des moments de tristesse s'emparèrent de moi, je les ai oubliés bien vite. Parfois quand un objet était un peu déplacé dans la maison, je croyais que c'était mon père. Je croyais aux fantômes. Inconsciemment, je me sentais un peu libérée d'un lien pas vraiment désiré. J'avais honte de lui. Je n'aimais pas être identifiée comme étant sa fille, à l'encontre de Laurence, 4 ans, qui réclama souvent son père défunt. Même si c'était mon père génétique, Guy n'a jamais comblé l'absence d'André, le père de May et Jean. Le deuxième époux de ma mère : un père normal, tendre, doux, qui m'avait choyé dans ma petite enfance. Pour l'époque, vers les années 50, André s'avérait très tolérant, il aimait ma mère. Elle pouvait sortir. Ce n'était pas un mari qui imposait sa loi, cas insolite pour l'époque. La plupart des femmes n'avaient pas leur mot à dire. André était différent, il ne se comportait pas comme le maître du royaume. Avant de rencontrer ma mère, il se formait à devenir diacre. Qui sait, si cette gentillesse, cette douceur importunait peut-être ma mère ? Probablement elle ne supportait pas qu'on l'aime tout simplement, elle cherchait la rudesse d'un rapport machiste, retrouver un rôle de victime, vécu quelque part, autrefois, la guerre était passée par là. Elle partait souvent danser avec ses amies. Elle adorait cela, s'amuser. Toute sa jeunesse — en 1945 elle avait 19 ans — s'était déroulée pendant la guerre, sans distraction, elle se rattrapait. C'est lors d'un bal qu'elle rencontra mon père Guy, plus jeune de 8 ans, un blanc-bec séduisant, avec qui elle me conçut. Tout le monde connaissait mon origine, il n'y eut pas de secret. À ma naissance, André me reconnut légalement. Puis pendant quelques mois, ma mère et sa smala vécurent avec Guy, mon vrai père à la campagne. Elle tenta de le quitter une première fois. Mais notre petite sœur Laurence existait déjà sous sa forme embryonnaire. Ma mère attendait de nouveau un enfant. Guy est venu la rechercher à Lyon chez André. Elle quitta définitivement le père de Jean et May pour un homme aux multiples tares avérées : mon père génétique.

Voyage avec May

Après le décès, plus le temps passait, plus l'image d'André s'immisçait dans ma vie, fantasmagorique. La nature a horreur du vide. Je parvenais avec aisance à me convaincre que c'était lui mon « papa », même si pertinemment je savais que cela était faux. Peu après, la disparition de Guy, May, désira voir son père. Je n'étais pas prévue au programme. Elle ne souhaitait pas que je l'accompagne. J'ai fait un caprice, même à 11 ans. Sans relâche je me mis à geindre comme un petit animal martyrisé. Ma mère a cédé : « c'est bon, pars avec ta sœur ». Ouf, j'avais gagné. May se lamentait : son père c'était tout son horizon. Je suis partie avec elle, voir André. J'étais ravie de voyager en train, cela m'amusait beaucoup, je me sentais souveraine, et anxieuse à la fois. Durant tout le trajet, May n'arrêtait pas de me dire qu'André était son père, pas le mien, que pouvais-je bien chercher ? Elle ne me comprenait pas. Je l'énervais au plus haut point. Je m'étais inventé une autre vie, dont André était le héros, le salvateur. C'était mon père ! Je n'en démordrais pas. Cela me rendait simplement heureuse. Ce voyage m'excitait. Quand nous sommes arrivés, il était surpris de me voir. Ma sœur était gênée, je revendiquais des droits sur celui, qu'elle adorait tant. Pendant le repas, André nous interroge sur notre nouvelle vie depuis le décès. Soudainement, je déclame « que de toute façon Guy n'était pas mon père ». André bondit, sa fourchette tombe. Il se lève de sa chaise, s'exclame fort, postillonnant : « tu sais bien Jocelyne, que je ne suis pas ton père », et là, mon château de cartes s'effondre, je savais tout cela, mais ses mots sonnaient si cruels ! Je ne voulais pas les entendre. C'est une claque magistrale. J'éclate en sanglots. Toutes ses illusions minutieusement construites explosent. Tous ces faux souvenirs se désagrègent. Je sanglote longuement. André et May sont consternés. Lui, énervé, insensible, répète la même chose : « tu sais bien que tu n'es pas ma fille, c'est quoi ce cirque ! ». Il est excédé. Là, je vais trop loin. May se tait. Je lui ai gâché SA rencontre. Je me réfugie définitivement dans le silence.

Je les hais. Leur complicité m'ulcère. Ils ont refusé ce qui aurait pu être un jeu, un accord tacite sans conséquence. Juste pour me faire plaisir, mentir tous ensemble, comme dans un jeu d'enfant. Me rassurer, au moins me donner une chance d'y croire. C'est un rejet incontestable. Je perds encore mon idole. Je me désagrège. La douleur m'asphyxie. C'est un gouffre, où je me noie de chagrin.

À ce moment-là, je compris que je ne pouvais vraiment rien attendre des « Adultes ». À mort les idoles, les institutrices, les pères lâches, les princes miteux, les mères à la dérive !

Cette douleur cristallisera mon désir insatiable de liberté, d'indépendance, sans amarres, sans attendre quoi que ce soit de l'Autre, sans ma mère, qui n'en était pas une, sans Jean, sans May, encore moins mon frère Martial. Lui, il méritait un zéro pointé. Ces visites se comptaient sur les doigts de la main, car nous n'étions pas assez bien pour lui. Martial, le premier malheur de ma mère, le catalyseur, non intentionnel, de sa descente en enfer. Plus tard, il considéra notre précarité comme une tare, nous méprisa sans complexe. Effectivement nous étions très loin d'être une bonne petite famille de la bourgeoise provinciale, son unique modèle.

Retour et réinstallation à Nuits-St-Georges

Nous sommes de retour à Nuits-St-Georges. Ma mère, fraîchement veuve, a obtenu un appartement dans une HLM. C'est le grand luxe. Il y a même une salle de bain, je partage une chambre avec May, avec mon propre lit, un progrès. Je me sens bien dans ce nouvel environnement. Tout est neuf, moderne. Dès que je peux, je rejoins mes copines, pour jouer en bas de l'immeuble. Le travail domestique n'a pas diminué. Si la corvée du lait, la course au picrate à minuit, n'existent plus, ma mère rédige toujours autant ses longues listes de tâches. Je gère toujours les achats alimentaires, je nettoie les chaussures, j'astique, etc. Notre standard s'est amélioré. Enfin en apparence. Ma mère a acquis de nouveaux meubles : un ensemble en formica blanc pour la cuisine, table, chaises, éléments muraux. Une fois par semaine, je lustre le tout avec un produit spécial. C'est long. Tout doit être nickel. Puis c'est la salle à manger où domine de beaux modèles en acajou, avec une table ovale, un living bahut qui couvre tout le mur, à bichonner à la cire d'abeille. Si je bâcle le travail, d'un clin d'œil, elle le remarquera. Ensuite, je dois me rendre en ville, à pied, c'est loin. Je pars avec un chariot vide, au retour je n'avance pas, car il est trop lourd. C'était épuisant. Les bonnes habitudes ne se perdent pas, nous réglons à crédit, théoriquement en fin de mois. May s'occupe de Laurence. Quand elle peut, elle part au lycée, rencontrer profs et amies. Elle dévore les livres, elle écrit même pour le journal de l'école. Son statut de brillante élève se confirme, tout le monde pense qu'elle parviendra à suivre une belle carrière ; elle aussi, est soulagée du décès de mon père. Nous commençons à vivre.

Au rez-de-chaussée vit une famille, un peu comme nous, composée de Danielle la mère, de ses deux filles, Liliane et Marie. Elle, Danielle est divorcée. Rapidement, nous sommes devenues très proches, ma mère avec Danielle, Liliane et moi, Marie avec May, nous avions le même âge. Même Laurence semblait oublier son chagrin. Elle riait un peu plus. Ma mère travaille comme femme de ménage, elle est plus intégrée à la société, elle s'est même syndiquée ! Elle commence à lire plus. Elle dévore les romans-photos, le journal « Détective », les bonnes histoires bien morbides, mais petit à petit elle prend l'habitude de la lecture, certes les romans de Guy des Cars, mais c'était une évolution positive.

Grâce à nos nouvelles amies, nous avons pu rééquilibrer nos existences, nous étions presque heureuses.

Jocelyne LINDNER

Ma mère se cherche quelqu'un

Bonheur éphémère : ma mère repart pour un tour ! Elle se cherche un partenaire. Le peu d'argent qu'elle gagne, passe dans les agences matrimoniales, très coûteuses à l'époque. Ma sœur l'apprend. Elle disjoncte. Des « spécimens masculins » envoyés par l'agence viennent parfois, restent même dormir. Ma mère teste, et pointe son cahier des charges. Nous avons bien failli émigrer en Belgique. L'acquisition obligée d'une langue étrangère a fait fuir ma mère. Je trouvais excitant de partir vivre ailleurs dans un autre pays. May refuse cette situation. Le risque d'une nouvelle grossesse existe, ma sœur essaie de m'expliquer. Je ne comprends pas vraiment, mais je n'ai pas envie non plus de voir à nouveau un homme, et un enfant de plus au foyer. Ma mère rencontre de nouvelles difficultés, elle s'est liée avec un homme de la région parisienne, un veuf « qui lui plaît à moitié » comme elle dit. A priori, il semble normal, mais elle ne souhaite pas continuer avec lui, sauf que le brave homme lui a prêté de l'argent, lui a offert les bijoux « précieux » de son ex-femme. Si ma mère ne poursuit pas la relation, elle devra rendre les dons. Le piège s'est refermé. Elle ne peut pas rendre cette somme empruntée, elle décide de le suivre, avec nous en bagages. Lui, il fait une bonne affaire, quatre femmes pour le prix d'une. Il nous rend visite une première fois. Un jour, nous nous promenons tous les deux au parc ensemble. Il fait froid. Une myriade de merles picore dans la neige. Je veux en ramener un pour le réchauffer à la maison. Le futur de ma mère, Roger, attrape un oiseau. Il m'en fait cadeau. Nous nous asseyons sur un banc. Le merle gigote sous mon pull. Roger se penche, essaie de m'embrasser, sur la joue, je crois, c'était un parfait inconnu à cet instant. Je lui administre une bonne claque. Il se lève, surpris, baragouine une espèce d'excuse en portant la main à sa joue. L'oiseau s'enfuit. Petite pomme de 11 ans, j'ai décidé que cette fois-ci, cela ne passerait pas. On ne m'aura plus ! Nous rentrons en silence. Il raconte à ma mère que je l'ai giflé. Elle, idiote, comme elle peut l'être à ses heures, veut que je me m'excuse, je refuse. Lui, rétorque que cela n'est pas grave. Il s'est bien gardé d'expliquer la raison de mon geste. Le loup est dans la bergerie ! Il sent la charogne…

May veut se suicider

Quelques mois de plus, et ma mère nous annonce notre départ, pour une autre HLM, cette fois en région parisienne. Elle ose nous expliquer qu'elle n'a pas vraiment le choix. Elle s'est endettée. Nous partirons loin. Nous ne souhaitons pas quitter notre Nouveau Monde. Pour May, cette idée est intolérable, ici elle est enfin heureuse. Un soir, elle disparaît. Je la cherche longtemps. Elle s'échappe souvent pour pleurer seule, ou chez Marie, désespérée. Je la trouve sur le pont de la voie de chemin de fer. Elle a déjà passé une jambe sur la rambarde, elle veut se jeter sur les rails. C'est difficile de la convaincre de ne pas commettre cet acte. Je la supplie longuement. Je suis terrifiée, désarmée. À plusieurs reprises, elle me reprocha ma présence, mes supplices l'ont empêché de sauter. « Si seulement j'avais cessé mes jérémiades ».

Nous devons partir, nous ne pouvons pas nous opposer aux projets de ma mère, et de son nouveau partenaire Roger.

Jocelyne LINDNER

Nous arrivons en région parisienne

En 1970, nous emménageons en région parisienne, près d'Aubergenville, banlieue éloignée de Paris. C'est une cité proche du travail de Roger. Lui, il est ouvrier à Renault, avant il était ouvrier agricole. À la mort de sa femme, il quitta sa région, pour se rapprocher de sa sœur, et opter pour une nouvelle profession. Ma mère occupe à temps partiel un poste de femme de ménage. Nous nous habituons à notre nouvelle vie. Tout est très différent de Nuits-St-Georges. En classe, nous passons un peu pour des « plouques ». Et c'est vrai. Je suis médusée par les plus âgés, qui viennent à moto, ou alors les parents qui attendent en voiture, c'est un autre style de vie. Le standard y est plus élevé. Personne ne porte de blouse comme à Nuits-St-Georges, en outre en 1968 la blouse ne fut plus obligatoire. Je m'adapte aisément. Je perdrais vite mon côté péquenaude.

Maman est enceinte

Avec notre nouveau beau-père, en façade, tout va bien. Un jour, je surprends Roger en train de signaler un article d'un journal féminin à ma mère. Prise de curiosité, je m'empare du magazine, cherche fébrilement ce qui pouvait bien intéresser Roger. Je feuillette le magazine, et trouve le seul article qui pouvait concerner ma mère : « j'attends un enfant » Quoi ? Maman est enceinte. Elle a presque 40 ans, de nombreuses grossesses à son actif. Dans ce collège, j'ai perdu mon côté glaiseux naïf : je reçois l'information cinq sur cinq. Sans gêne, je lui pose la question : « c'est vrai, tu es enceinte ? » « Oui, mais je ne veux pas le garder, j'ai eu assez d'enfants et je suis trop vieille ». Je n'ai rien à répondre, là je me sens dépassée. Le soir, cafteuse, je me rue dans la chambre de ma sœur aînée, je lui annonce la nouvelle. La grande crainte de ma sœur se réalise. Elle est furieuse. Elle rejette l'idée d'un nouveau marmot à la maison. C'est elle qui s'est occupée de nous, et surtout de Laurence. Roger rêve d'un enfant, il n'a pas de descendant, mais ma mère tient bon. Elle réussit à l'en dissuader.

Souvent l'après-midi, je rentrais tôt de l'école. Depuis quelque temps, très discrètement, un monsieur vient après le déjeuner. Ma mère souhaite me voir déguerpir. « Tu ne vas pas jouer dehors ? » Non, je n'ai pas envie de sortir. Ils sont trois, Roger, ma mère, l'inconnu. Ils s'enferment dans la cuisine. Que peuvent-ils bien faire ? Pot de colle, curieuse — cela peut être parfois un défaut — je frappe, toc, toc, toc. Je tente d'ouvrir la porte pour voir. Roger me bloque l'accès. Refoulée, je me retire, attentive au moindre bruit, tapie dans le salon j'espionne. C'était un mystère, un vrai ! Péquenaude ou pas, je sentais que ma mère était au centre de cette rencontre, très silencieuse. Aucun son ne parvenait de la cuisine. Cet homme n'était autre qu'un « faiseur d'ange ». Nous aurions dû être huit enfants, et non pas cinq. Dans cette cuisine, ma mère subissait son troisième avortement ! Mai 68 était derrière nous, cependant l'avortement n'était pas légalisé, il faudra attendre juillet 1975, avant que de nombreuses femmes puissent enfin avoir accès à une contraception effective, à un avortement légal dignement pratiqué. Ce n'était pas la première fausse couche provoquée de ma mère. Elle mettait sa vie en danger, usant de méthodes archaïques, souvent orchestrées dans la clandestinité. N'importe qui pouvait se prétendre « avorteur » au détriment de la santé des femmes.

Dans la nuit, ma mère a une forte poussée de fièvre. Mon beau-père appelle les pompiers, en urgence on la transporte sur une civière. Son cas est critique. Elle est hospitalisée pour « fausse couche ». Je n'ai pas pu la voir, c'était interdit pour les enfants. J'ai attendu longtemps dans le hall de l'hôpital, je n'aimais pas cet endroit. Je trouvais, et encore aujourd'hui, que cela pue la charogne, le cadavre.

Quelques jours plus tard, ma mère est de nouveau parmi nous. La vie a repris son cours. Laurence grandit, j'approche de l'adolescence, May s'accroche de plus en plus à ces études. Mais pas que…

Ma mère et Roger avaient du mal à faire face aux coûts de la vie quotidienne. Lui, ouvrier à

Renault, elle, femme de ménage dans les écoles, cela ne rapportait pas gros. Leurs deux salaires couvraient difficilement les besoins de la famille.

La séduction de May

Sur l'insistance de ma mère, Roger souhaite améliorer son statut professionnel. Comment parvenir à gagner plus ? Il se met en tête de reprendre des cours du soir. Son niveau scolaire est très bas. Il se lance tout de même dans la préparation d'un CAP.

CAP ou romance ? Roger travaille seul le soir à sa table. Les bases élémentaires lui manquent. May veut bien l'aider. Si ma mère avait su…

Ils s'installent ensemble le soir, elle, elle tente de lui expliquer les rudiments du calcul. May commence peut-être à trouver qu'un homme peut avoir des côtés attrayants. Quand elle est avec lui, elle sourit beaucoup, semble heureuse, serait-elle amoureuse ? Prendrait-elle sa revanche sur ma mère ? Se découvre-t-elle en tant que femme ? Capable d'aimer ? Autant de questions, auxquelles je n'aurais jamais de réponse. Un lien se crée entre eux. Probablement, ma mère soupçonne leur rapprochement, mais ne bronche pas. Son refus de garder l'enfant l'accule au silence. Arrive le grand soir.

Après son équipe de nuit, un soir, piteux, nu, une bouteille de whisky à la main, mon beau-père cogne à la porte de la chambre de ma sœur, qui s'est enfermée.

« May s'il te plaît, ouvre ». Il est « accro ». Il est bourré. C'est trop tard pour lui. Il ne tient plus, devant sa porte, il s'effondre en larmes. À cet instant, il saisit que ce lien avec ma sœur n'est qu'un mirage. La séduction opérée par May s'évapore comme son litron de whisky. Ma mère, dans l'encoignure de la porte l'observe, lui demande de regagner leur chambre, ce qu'il fait. Je suis debout, il est tard, j'observe toute la scène. Ce grand type nu devant la chambre de ma sœur me rappelle tellement de souvenirs. Beurk ! Cet événement, petit ou grand, empreindra ma vie d'adolescente.

May malade

Peu de temps après, May devient anorexique.
Elle ne s'alimente plus. Elle vomit tout. Reste enfermée dans sa chambre. Quand elle en sort, elle
s'évanouit. Plusieurs fois, sur le sol de la cuisine,
je la trouverai sans connaissance. Elle n'aura pas
de suivi psychologique, à l'époque c'est plutôt
exotique, surtout dans notre famille. May est rongée par son lien développé avec Roger, par son
passé de souffrances, ses humiliations subies, son
rôle d'esclave domestique, sa substitution à notre
mère. Elle ne se remettra jamais vraiment de cette
jeunesse pourrie. Dans sa tourmente, elle rencontre une amie d'école, Maryse, qui a un frère
Paul ; Maryse a une grande famille, bien joyeuse.
Ils sont tous au Parti communiste, qui à l'époque
offre beaucoup sur le plan culturel. Ma sœur se
sent bien avec eux. Elle découvre la politique, la
fête de l'Huma, les soirées autour de la guitare, les
week-ends à la campagne. Elle s'éclate. Lentement, elle apprécie Paul, un cheminot. Un gars sé-
rieux. Qui a de la psychologie ! « Ils se fréquen-
tent » comme on dit. Dans le respect des bons

usages, même chez les communistes, ils se sont fiancés, puis mariés. Ma sœur May semble épanouie. Son anorexie disparaît. Je suis la seule de la famille à me déplacer pour la cérémonie du mariage. Ma mère et Roger, ignorent l'événement. Je suis amère, je ne veux pas qu'elle nous quitte.

May et Paul s'installeront dans un petit appartement de la SNCF près d'Asnières. Elle commencera ses études de jardinière d'enfants, puis elle eut son premier gamin. Je continuais à aller la voir régulièrement, elle essayait de suivre ma scolarité plutôt houleuse.

Aventure de ma mère

Entre-temps, ma mère flirte avec un voisin. Dans les escaliers je l'évite. Dans ma petite tête, je pense que c'est un prédateur potentiel. Je suis sur mes gardes. Je suis sûre que ma mère nous réserve encore une surprise désagréable. Il nous invite, ma mère, moi-même, Laurence, pour prendre le thé. Elle a certainement une affaire avec lui. Lui est convaincu que ma mère va quitter Roger et s'installer chez lui. Je suis impressionnée par son appartement, sans meubles, juste des coussins, des tapis, une magnifique table où nous goûtons le thé. Il a l'air gentil. Il est très doux, il me rappelle André. Ma mère se confie : « non, pas question que je m'installe avec lui, il doit avoir une femme là-bas, au bled ». Le monsieur était algérien, ma mère véhiculait les préjugés en vogue de l'époque. Elle l'embobina, puis le laissa choir.

En plus de son travail de femme de ménage, ma mère garde des enfants, ou plutôt je les prends en charge juste après l'école. C'est de nouveau une corvée. Je n'ai plus la longue de liste de courses comme autrefois. Maintenant nous allons à l'hypermarché en voiture, une fois par semaine. Je ne dois plus cirer les chaussures non plus. Le lait, c'est fini, plus d'escapade au crépuscule, il n'y a pas de fermes, juste des bâtiments, à n'en plus finir, et des Treta Pak. Ma mère pense que certainement je dois me rendre active, et faire son job, elle encaisse l'argent. Elle ne dit pas à ses employeurs, des gens du voisinage, qu'en fait c'est sa fille qui va chercher les bambins à la sortie de l'école. Je supporte de moins en moins ces injonctions. Elle m'énerve de plus en plus. C'est à cette époque, peut-être 13 ans, que je vécus ma première crise de larmes, les larmes du désespoir. J'étais vraiment dépressive. Je n'en pouvais plus, elle ne me lâcherait jamais. Je voulais fuir, cette famille, je ne pouvais plus les supporter. C'était seulement le soir que je pouvais trouver un peu de répit. Avec Laurence, je montais des petites pièces de théâtre, avec des princes et princesses. Je cherchais toujours des bouts de tissu pour nous faire des costumes, des chapeaux, des robes de princesse. Puis, quand la nuit était tombée, je commençais mes devoirs, au moment où tout le monde dormait. J'adorais ces moments décalés. Je m'installais avec mes cahiers devant la fenêtre, et je travaillais tard. Mon beau-père rentrait de l'équipe de nuit, il ne comprenait pas que j'étais encore en train d'étudier. Il râlait. Puis il allait se coucher. Je savourais ce silence, là enfin je jubilais de solitude.

Jocelyne LINDNER

Déménagement aux Mureaux

En 1973, nous déménageons encore une fois dans une agglomération de banlieue, plus importante, composée d'immeubles à perte de vue : Les Mureaux. La ville s'étale sur des kilomètres. Notre quartier est récent, excentré, offrant peu de moyens de transport. Nous habitons dans une de ces tours avec d'immenses cages d'escaliers. À l'époque, c'est une cité ouvrière décente. Au fil du temps, la mairie y concentre toute l'immigration, abandonne les rénovations et agencements nécessaires à la vie collective de cet îlot, le caractère de cette cité s'en trouvera modifié. Nous louons un appartement pour 4 personnes, moins cher, mais plus spacieux. Mon collège est à proximité, je n'ai pas à prendre le bus comme autrefois. Jusqu'en troisième, je suis une scolarité normale. J'obtiens mon premier examen, le BEPC (Brevet d'Études du Premier Cycle). Je suis une bonne élève. Laurence grandit. Je ne m'occupe plus d'elle, nous n'avions plus de jeux en commun. Elle a 10 ans, j'en ai 15. Nos préoccupations sont devenues très différentes. Comme toute adolescente, j'ai besoin d'une vie sociale, détachée de la famille. Je rencontre des amies, je suis invitée aux premières boums.

Ces nombreux déménagements ne facilitent pas notre jeune existence : découvrir le quartier, se refaire des liens n'est pas aussi simple. J'ai un peu de mal à m'intégrer aux gens de mon âge. Je suis probablement plus mûre que l'ensemble des collégiens que je fréquente. À 15 ans, j'ai déjà mes propres théories sur nombre de sujets, notamment le mariage, l'armée, etc. ce qui surprend mes congénères. Je hais tout ce qui peut représenter un carcan, une forme dictée de pensée. Je n'ai plus cette admiration démesurée pour les enseignants. Même si en classe de quatrième, j'étais amoureuse de mon professeur de français. Un grand classique. J'obtiens de très bonnes notes dans cette matière, j'apprécie lorsque je reçois ses compliments. Sauf que je veux plus. Alain, son prénom, me fascine. Quand en classe il s'approche de ma rangée, je suis toujours en proie à de vives émotions. Je sais où il habite. Le week-end, j'arpente sa ville, dans l'espoir de le rencontrer. Et puis, le grand jour arrive, il se promène bras dessus bras dessous avec son amie. À la hâte, je me cache. Je l'observe de loin. Aucun doute : ils se tiennent par la main ! Je me suis faite toute petite, j'encaisse, dépitée. Il chute de son piédestal.

Rappel de mes liens avec Régis

Je vis mes premiers tourments sentimentaux. Or je connais les douleurs de la perte. Quand nous avions quitté Nuits-St-Georges, la boulangerie Ratinole et son fils Régis, j'avais ressenti un sentiment de perte. Régis était un tortionnaire, quelqu'un qui abusait de mon corps d'enfant, sauf que je m'y étais agrippée, même si cet attachement renforçait mon sentiment déjà profond de honte. Je vivais mal ce lien, synonyme d'humiliation. Était-ce vraiment un lien d'affection ? Non, c'est la victime qui y croit, tant qu'elle ne s'est pas identifiée comme telle. Elle se ment en pensant que lui, peut-être, son bourreau éprouve un sentiment.

Les chimères se créent pour masquer la blessure, détourner la honte. Parfois, la femme Ratinole visitait ma mère et les dames du village, elle fournissait des produits de sa boutique. J'attendais le bruit de la voiture dans la cour, je guettais avec anxiété son arrivée, je souhaitais toujours qu'il l'accompagne. Mais il n'est jamais venu. Son absence est devenue moins intense, se substituant à un ogre intérieur silencieux niché dans mes entrailles.

Torgnole de ma mère

Dans notre nouvel immeuble, je fréquente un petit groupe d'amis. Un soir d'été, il n'est pas très tard, le soleil brille encore faiblement. À quatre, deux filles, et deux garçons plus âgés, nous décidons d'aller boire un verre. Riant, nous sortons du café. Subitement mon beau-père, Roger surgit au volant de sa voiture, il pile. Il me raconte que ma mère fait un scandale, car je ne suis pas rentrée. « Elle est furieuse, elle te cherche partout ! ». Comment « elle me cherche ? » Pourquoi tout d'un coup mes occupations l'intéressaient-elle ? Roger me pousse dans le véhicule, claque la porte, et nous partons. Je me retourne, voie mes amis rirent. Cette moquerie réveille ma honte, mon ennemi intime.

Nous arrivons à l'appartement, ma mère hurle. Elle est déchaînée. Une furie hystérique jaillit du plus profond d'elle-même. Elle me gifle, me traite « de petite pute » « que je finirais par ramener un gosse à la maison ». Elle me bat, je m'écroule au sol en larme, m'effondre, pliée en deux. Je crie que je n'ai rien « fait de mal ». Elle refuse de m'écouter. Elle se rue sur moi, me pousse de son pied, me jette des coups dans le ventre, m'abreuve encore de « sale pute ». Roger la retient, je fuis dans ma chambre. Cette agression de ma mère me surprend. Pas une fois, elle ne m'a indiqué une seule règle de conduite. « Tu dois rentrer avant 21 heures, ou tu ne dois pas sortir », jamais elle n'a daigné donner une consigne, comme devrait le faire n'importe quel parent. Probablement, elle devient jalouse. « Que je tombe enceinte » est son obsession, ce sont ses projections, alors que je ne me sens pas concernée. J'ai à peine 15 ans, je découvre les garçons de mon âge. Ce sont des flirts puérils : se prendre par la main, se frôler un peu, c'était cela le grand Amour !

Compte à rebours, ma première colo

Mon compte à rebours s'enclenche : je décide que je ferais tout pour quitter de cette maison dès que cela sera possible.

Ma mère peut être parfaitement contradictoire dans ses attitudes. Un mois passe, je suis invitée pour un week-end de randonnées. Elle accepte, sans poser de questions, ni même savoir avec qui je pars. En été, je suis en camp d'adolescents. Ouvrier à Renault, mon beau-père Roger a droit à des places de colonies. Pour les familles modestes, semblables à la nôtre, c'est un avantage économique. À cette époque, de nombreuses entreprises proposent de tels programmes de vacances aux enfants. La plupart du temps, ce sont des lieux agréables, en montagne ou en bord de mer, avec beaucoup d'activités pour tous les âges. C'est dans le cadre de ces vacances que j'observe que nous n'avons pas été élevés à l'identique des autres gamins. Chez nous, on garde nos sous-vêtements pour dormir, comme autrefois à la campagne, il nous manque aussi des règles d'hygiènes élémentaires. Ces colonies sont un grand moment de défoulement, et de joie. Une expérience nouvelle. Mon premier camp d'ados est une explosion de découvertes : la vie en collectivité, les copains et copines, les journées à marcher, les soirées à rire. Je rencontre mon premier petit ami, Claude. Après l'été, il me rejoint de temps en temps aux Mureaux. Il habite loin et vient en bicyclette. Nous échangeons beaucoup. C'est très romantique. Je range toutes ces lettres dans un vieux cartable, avec une clé minuscule. Un jour, je rentre à l'improviste, le sac est ouvert, tous les écrits de Claude gisent en désordre.

Ma mère fouille mon sac

Elle, ma mère a fouillé, lu mon courrier. Sa curiosité est malsaine. Je raconte volontiers que j'ai rencontré Claude lors de ces visites on nous voit en bas de l'escalier, à discuter, nous n'avons rien à cacher, mais elle s'imagine toujours plus. Elle criminalise tous les rapports ; dans cet appartement, j'ai ma propre chambre. Je m'y enferme autant que je peux. Quand je me lève trop tard le week-end, elle tape à la porte, au point de laisser des marques. Elle s'acharne sans raison.

Encore des enfants à garder

Je m'occupe de nouveau comme à Aubergen-ville des enfants qu'elle est censée gérer. Je dois aller les chercher à l'école, les ramener chez nous, les faire goûter. Cela signifie interrompre mes activités avec mes amies, partir, pour me rendre à la sortie des classes. Sur le chemin du retour, je les oblige à marcher vite, très vite. J'ai peu de considérations pour eux. Ils pleurent, n'arrivent pas à suivre, mais je ne veux pas perdre une minute loin de mes copines. Ils sont exténués. Dès que j'entends ma mère pénétrer dans l'appartement, je file rejoindre mes camarades. La mère des petits s'est plainte : « ils sont épuisés », le plus grand me désigne comme bourreau. Ma mère n'essaie pas de comprendre, elle me gifle, car je ne fais pas correctement ce qui aurait dû être son travail. Certes, je suis plus âgée, ce n'est pas une tâche compliquée, mais j'ai tellement envie de faire autre chose. Elle perd le job. Elle m'en tient rigueur. Les litiges avec elle vont croissant. Je suis obsédée à l'idée de partir, encore légalement 2 ans à attendre. Laurence a ses propres amies, mais lentement elle traîne de plus en plus dans les cages d'escaliers. Ce n'est plus comme avant, les entrées des immeubles commencent à drainer une population occupée par un certain trafic malsain.

Mon passage en seconde

Je passe en classe de seconde. Je vais devoir me rendre au lycée. Dans une agglomération plus importante, éloignée, prendre le train. Je suis en roue libre. Le premier trimestre se déroule à peu près correctement. J'ai un besoin viscéral de liberté. Je la saisis, la porte est ouverte. Je sors enfin de ce monde fou : ma famille. Je fréquente les cafés pendant des heures. J'ai une amie, Rosa, qui me suit partout dans mes dérapages. Toutes les deux, nous traînons dans les rues, des journées entières. Nous assistons peu aux cours. Quand je participe, je dois me manifester : « bonjour, je suis là ». Je commence à fumer beaucoup, à boire de l'alcool. Je refais le monde. Mais surtout, nous rions beaucoup.

Les grèves lycéennes de 1974 contre les projets de loi Fontanet occupent tout mon temps. Je m'investis, peu au départ, puis de plus en plus. Les leaders sont en classe de Terminale. Ils me fascinent. J'assiste seule aux assemblées générales, mon amie Rosa, ne me suit pas. Son père est flic. Sur le plan des luttes, elle se range de son côté. Je peins les banderoles, manifeste dans les rues. Je rencontre d'autres grévistes. Le monde nous appartient. Assis sur les tables dans les salles, nous nous sentons puissants. Je suis exaltée. J'adore faire débrayer les classes. Je polémique volontiers. Contester, défiler m'amuse.

Je suis virée du lycée

Cette année d'amusements, de rires, de joies, de découvertes politiques se termine en catastrophe. Mon bulletin de juin m'annonce tout simplement : « cette élève n'a plus sa place au lycée ». Je suis virée ! Rosa aussi. Les parents de mon amie sévissent. Je n'ai plus le droit de la voir, « je suis de la mauvaise graine ». Je souffre beaucoup de leur décision, je ne comprends pas non plus pourquoi ils interviennent ainsi. Je n'ai pas de modèle d'autorité qui me permettrait d'expliquer cette réaction parentale. Apprenant la nouvelle, May débarque. C'est le scandale dans les chaumières. Ma mère plaide non coupable. Roger s'installe dans le silence. Pour Laurence, je suis un mauvais exemple. May redresse la situation. Elle va les convaincre de financer une nouvelle année de seconde par correspondance. L'horreur. Je dois suivre cette scolarité à distance, je n'ai plus vraiment de solutions. Je passe d'une ivresse printanière exaltante au dégel. Je redouble. Je perds lentement toutes mes amies. Je n'ai plus de vie sociale.

Je ne prends plus le train. Je ne rencontre plus personne. C'est la punition. Je suis cloîtrée. J'étudie toute la journée à la maison, sans professeurs. Je coûte cher à ma mère, qui me le fait bien remarquer. Elle profite de la situation, se souvient de ses vieilles habitudes. Elle vient dans la chambre, là où je travaille, me raconte comme autrefois ses problèmes avec mon beau-père. J'avais eu la paix pendant une longue période. Enfant, je ne comprenais rien à ses « contes ». Ce n'est plus le cas, et cela m'effraie encore plus. Chaque mot prononcé par ma mère restera gravé, ils ne s'estomperont jamais. C'est un même refrain. Comme autrefois je suis incapable de répondre. Comme autrefois, je suis paralysée chaque fois qu'elle rentre dans la chambre, s'installe sur le bord du lit, raconte. Cela va durer un an.

Retour au lycée

Mes efforts scolaires sont gratifiants. À nouveau, May rencontre le proviseur qui m'a viré un an plus tôt. Il constate que mes résultats sont bons, accepte de me réintégrer en classe de première. May a sauvé ma scolarité. Je reprends le chemin du lycée, le train tous les matins, je retrouve d'anciennes connaissances, me refais des amies. J'ai grandi. Quand j'ai un peu d'argent, je raconte à ma mère que je suis invitée chez des copines pour le week-end.

En fait, je réserve une chambre d'hôtel, qui est aussi un café, c'est le quartier général pour tous les élèves.

La tenancière me connaît bien, quelque part elle comprend que j'ai besoin de m'échapper. En janvier 1976, j'ai 18 ans. Je décide que je ne resterai pas ce week-end chez mes parents. J'ai pris une chambre. J'y suis seule. Je m'enferme : les bruits m'effraient. Je voulais fuir, être et vivre comme une adulte sauf que je n'avais pas prévu que la peur m'accompagnerait. Ce que j'entreprendrai sera souvent au-dessus de mes capacités. Mais tant pis, j'y suis j'y reste. Le lundi matin, mes amies me rejoignent au café, apprennent que j'ai dormi dans cet hôtel. Je vais au comptoir payer ma note, c'est la tournée générale. Ma bande de copines ne comprend pas. Elles sont toutes inter-loquées, comme si j'avais commis quelque chose de répréhensible. Je ne me sens plus à leur ni-veau : je viens de franchir un seuil, je ne suis plus vraiment une adolescente. Mon vécu ne me le permet pas.

Bac français

En juin 1976, je passe mon baccalauréat français. Mes notes sont satisfaisantes. Laurence aussi a grandi, mais je ne suis pas capable de m'apercevoir que ces yeux sont de plus en plus souvent hagards. Laurence se drogue.

La pause scolaire de 1976 arrive. Mon plan pour partir en vacances avec ma bande s'écroule. Je décide de travailler pendant tout l'été. Je m'inscris dans une société de travail temporaire. Tout de suite, on m'offre un job, assez éloigné, je dois emprunter une bicyclette. Je commence très tôt le matin. J'apprends tout. Je dois pointer, apporter mes repas. C'est mon premier poste, dans une usine de fabrications de produits sanitaires. Je suis entourée de femmes avec qui j'aime être. Des ouvrières. Elles sont gentilles. Toute la journée, nous emballons des échantillons pharmaceutiques. J'apprécie l'ambiance, cette fatigue du soir, recevoir ma première paie, qui sera un déclencheur. Je m'aperçois qu'avec cet argent, même si c'est peu, je pourrais peut-être m'installer chez moi. Enfin ! Je ne précise pas à ma mère le montant de ce premier petit salaire, elle remarquera à peine que je pars travailler tous les matins, elle n'exigera pas ce modeste pécule.

Je commence à prospecter, rapidement je trouve une colocation. Elle se situe chez l'arrière-petite-fille d'un écrivain célèbre. À la fin de l'été, j'emménage. Ma mère continue à recevoir des allocations familiales pour mon compte. Je lui demande le montant de ma part, lui explique que je veux partir. Je ne rencontre pas d'opposition. Je fais ma valise, la première, elle est en carton, indissociable des stéréotypes que nous avons des exilés, des paumés. Aujourd'hui, on trouve comme article « vintage » à soixante euros sur les réseaux. Quelle tristesse, elles ont pourtant tellement d'histoire ! Pour mon emménagement, May me donne un peu de vaisselle, de linge de maison. Ma valise est prête. Roger m'accompagne en voiture. Ma mère ne viendra pas voir ma chambre, Laurence non plus. Je m'installe, c'est dans une résidence, pas loin du lycée. À la rentrée, je débute en Terminale. Je dois trouver des petits jobs pour joindre les deux bouts. Payer le logement, me nourrir, etc.

Stupéfaction au lycée

Le matin en semaine, j'aide un épicier pour l'ouverture de sa boutique. Un jour j'arrive en classe après la cloche, je signe moi-même mon mot d'excuse pour le retard. Stupéfaction générale ! La nouvelle se répand dans tout le lycée. Je suis majeure, je veux être respectée et qu'on applique la loi. Mon acte engendre beaucoup de remous parmi le personnel de l'établissement, d'autant plus que je postule pour un poste d'employée au secrétariat. Le proviseur accepte. Deux fois par semaine, j'exécute des travaux administratifs pour le collège. Je tire également à la ronéo les devoirs sur table. C'est une tâche très salissante. Cette fois, ce sont les professeurs qui protestent. Tous prétendent que je vais donner les énoncés aux autres élèves. Je jure de ma probité et en même temps, sous le manteau, je transmets les textes imprimés. Ma présence et mes agissements suscitent beaucoup de commentaires, les parties sont divisées. Je ne recueille pas vraiment de soutien des enseignants, tout le monde me considère avec distance, je suis « un cas » une anomalie dans ce monde de bien-pensants. Seule ma prof d'allemand, probablement habituée à une autre jeunesse dans son pays, me manifeste sa sympathie. J'ai de plus en plus de problèmes financiers. Je ne parviens pas à tout payer, même en cumulant l'argent remis par ma mère, et mes différents petits jobs. Le samedi matin, je fais les marchés. Je dois préparer les étalages, ordonner tous les fruits et légumes. Les cagettes sont lourdes. Puis je passe à la pesée. J'ai du mal, je me trompe constamment avec la balance. Je ne sais toujours pas m'en servir. Je vois les clientes maghrébines rirent entre elles. Elles sont ravies d'avoir une pastèque pour le prix d'un citron.

Jocelyne LINDNER

Femme de ménage chez un célibataire

J'ai trouvé un emploi supplémentaire, le samedi après-midi : faire le ménage chez un homme fraîchement célibataire. Je suis au rendez-vous. Avant même d'arriver, je suis déjà écœurée, je n'ai pas envie de me retrouver seule avec cet homme. J'ai accepté sa proposition sans trop réfléchir. Il m'accueille, m'explique mon travail. Il n'est pas agressif. Je nettoie l'ensemble de l'appartement, cela me dégoûte. Il m'offre un café, me pose beaucoup de questions, finit par me payer mon salaire pour les trois heures. À contrecœur, j'y retourne le samedi suivant. Cette fois, c'est différent. Il critique mon précédent travail, prétend que je n'ai pas nettoyé la salle de bain, et ceci et cela. Après une semaine, l'appartement nécessite une grosse intervention. Ce type n'aime pas l'ordre, c'est un vrai capharnaüm. Je m'attelle à mes tâches. Il s'avance vers moi, me demande : « tu n'aurais pas des copines ? ». Je reste figée. Je suis en train de faire son lit, cela me provoque un haut-le-cœur. Je tente de me reprendre. Je finis de passer l'aspirateur. Je nettoie sa salle de bain, c'est une porcherie. « Alors j'ai des copines ou pas ? » « Elles ont 18 ans ? ». Il insiste lourdement, je me sens de plus en plus mal à l'aise. C'est un gros « bourrin ». Je bâcle mon travail. Je précipite vers l'entrée, m'habille, lui réclame mon argent.   Il est surpris que je ne prenne pas le café avec lui. Il me paie mon salaire. Je sors, et vite. Ouf, je suis dehors. Je suis trempée de sueur, je tremble, j'ai eu peur qu'il m'agresse. Je ne sais pas répondre à ce genre de situation anxiogène. C'est une très mauvaise expérience. J'ai rencontré cet homme en faisant de l'auto-stop. Il m'a déposé, proposé ce travail. Je suis encore tellement naïve, malgré tous les récits de ma mère. J'apprends. C'est dur.

Jocelyne LINDNER

Je choisis l'internat

Ma relation avec ma logeuse est orageuse. Elle ne tarit pas en reproches. Je n'ai pas fait sa vaisselle, j'ai laissé le balai la tête en bas, et non en haut. Elle vit seule depuis longtemps, a développé des tas de manies ridicules. Elle me rend la vie impossible, la cohabitation est très critique. Je dois payer l'électricité en plus, un imprévu. Nous sommes fin 1976, je décide de demander une place en internat. Cela est moins cher, au moins je partagerais mes soirées avec des lycéens, des gens de mon âge.

J'abandonne cette vieille acariâtre à ses têtes de balai. Je prends possession de mes nouveaux quartiers, une petite chambre, une armoire, une table, au fond du couloir, les douches. Une surveillante de nuit, toujours sympa, est là. Les week-ends sont longs, tristes, tout le monde quitte l'internat pour rejoindre sa famille, j'erre sans but dans la vie.

Rencontre d'Antoine et Jean-Pierre

Je continue le lycée, tout en travaillant pour payer l'internat et autres frais. L'écart se creuse entre les élèves « normaux » et moi-même. J'ai des soucis de fin de mois comme n'importe quel adulte indépendant.

Puis un jour, je rencontre Antoine et Jean-Pierre. Deux amis. Antoine est le fils d'un diplomate africain, nous sommes dans un établissement international, du haut de gamme. Antoine deviendra ma première relation sérieuse. Il est militant politique. Nous avons du mal à trouver des endroits juste pour nous. Une prof nous prêtera son appartement de temps en temps. Je suis financièrement à bout, mais amoureuse. Avec Antoine et l'aide de Jean-Pierre, nous décidons de partir. Nous quittons tout, le lycée, l'internat, lui, et sa famille d'entrepreneurs africains.

Jocelyne LINDNER

Départ du lycée, installation chez mon frère

Provisoirement, nous nous installons chez mon frère Jean à Paris avant son départ définitif pour les États-Unis. Nous trouvons tous les deux nos premiers jobs, mal payés. Pour améliorer la situation, je loue une vieille machine à écrire, j'apprends. Rapidement, je décroche un « Emploi jeune » de Raymond Barre, en tant que secrétaire, le salaire est acceptable, je souhaite juste un emploi, je n'ai pas de prétentions professionnelles à cette époque. Antoine trouve un poste au Rectorat de Paris. Le soir après les heures de bureau, nous reprenons notre préparation au baccalauréat. Je passe enfin cet examen. Il me manque onze points pour obtenir ce diplôme. Au rattrapage, j'ai une épreuve de philosophie, je m'en tire avec brio. Par contre les mathématiques, le professeur très compréhensif me donne la note minimum, afin de ne pas perdre la mise. Dans la cour, je rencontre mon ancien proviseur, celui du lycée international, le monde est étroit ! Il est impressionné par ma prestation : travailler, préparer son examen. Notre échange est très enrichissant. Il me promet que si quelques points manquent, il m'aiderait. Ouf, j'ai mon bac philo sans intervention miraculeuse. Antoine aussi. Nous fêtons avec nos amis. Au bureau, j'obtiens une bonne prime, change de catégorie socio-professionnelle. Maintenant, je suis une citoyenne « normale ».

Mes débuts en politique

Avec Antoine, je découvre la politique, qui me passionne. La contestation me galvanise. Cette société me révulse, je veux la métamorphoser. Je rencontre tout un éventail de groupes de gauche. Je lis, j'apprends, je deviens une militante active. Je suis très engagée, je m'y consacre entièrement,

Je canalise ma révolte. Au fil du temps, je prendrai de plus en plus de responsabilités. J'aimais militer, dépasser mes limites. Nous intervenons dans les amphithéâtres, dans les meetings de partis d'opposition. À chaque fois, je tremble beaucoup, rongée par le stress, je fonce. Nous assistons à nos propres réunions interminables, où l'on refaisait le monde, pointons du doigt la moindre déviation. J'étais médusée par ces cadres aux imposantes expériences politiques. Nous rédigeons, maquettons le journal, vendons notre mensuel. Nous participons à de nombreuses manifestations, souvent violentes. Mais c'était ma nouvelle vie, je l'aimais. J'étais à Saint-Michel, dans la rue le soir du meurtre de Malik Oussekine.

Mon équipe a eu la chance de pouvoir se protéger des agressions rudes des forces l'ordre.

Bon ou mauvais programme, bon ou mauvais choix, je réussis enfin à relever la tête, j'avais trouvé ma voie. Je me sentais puissante, mon sentiment constant d'humiliation se dissipait. Dans ce groupe j'avais une place. Je théorisais sur tout ce qui avait détruit les femmes dans notre fratrie. May fonda une famille pour panser ses plaies, elle restera meurtrie par son passé. Elle ne sortira jamais d'états dépressifs à répétition. Les traces indélébiles laissées par Guy gravèrent sa vie au fer rouge. Le rôle désastreux de notre mère et ses « maris » nous brisèrent. Laurence, rongée par la drogue, le paya de sa vie.

Laurence

À 14 ans, Laurence est placée en foyer pour mineurs. Encore chez mes parents, elle avait besoin d'argent pour acheter de la drogue. La raison officielle était qu'un accord entre Roger et elle existait. Laurence devait poser nue pour Roger, qui s'était découvert sur le tard des dons de photographe. Mais la vérité était toute autre. Il faisait pression sur elle pour sa satisfaction sexuelle. Elle était très dépendante, il a trouvé le bon filon. Arrivant égarée en classe, elle se confia à la psychologue de l'établissement. On la retira immédiatement de la maison. Sans surprise, comme toujours, ma mère a nié ! Le sort misérable de ses filles la dépassait. Elle est restée vivre avec Roger. En foyer, Laurence apprend l'horticulture, rencontre des éducateurs, qui l'aident à se sortir temporairement de cette addiction. Elle aura une rechute fatale. Elle va se prostituer à l'occasion, s'enfuir des lieux de placement. Je l'aidais parfois avec deux ou trois autres jeunes en fuite. Je les hébergeais jusqu'à leurs prochaines étapes. Laurence avait un ami, marié, elle lui procurait la drogue. Ils voyageaient souvent au Maroc. Il avait sa propre famille, une femme, un bébé.

Laurence a 23 ans. En septembre 86, elle accompagne son amant à la gare. Sur le point de partir, le train s'ébranle doucement, assise dans le wagon à ses côtés, elle quitte le compartiment, descend les marches, rate la dernière, glisse à tout jamais. Laurence décéda sur le coup. Sa disparition s'exprima pour tous les membres de notre « famille » par une longue dégringolade psychologique. Nous nous sommes tous éloignés les uns des autres. Pendant deux ans, le chagrin dévora mon existence. Je rentrais dans une dépression profonde.

Ma mère ne s'en remet pas non plus. Hospitalisée quelques années plus tard, pour une tumeur au cerveau, elle réclamait toujours sa fille Laurence. Lors de mes visites, elle nous confondait. Présente à ses côtés lors de ses derniers moments, je veillais sur elle, elle m'appelait Laurence, et… nous rédigeait de longues listes de courses. Quand votre mère ne vous reconnaît plus, c'est très douloureux. Mon ego hurlait de peine, de rage. Je fus en fin de compte la seule à me déplacer de Berlin, où je vivais. May, qui habitait à peine à trente kilomètres du domicile de mes parents, ne bougea pas, prétextant la garde de ses enfants. Qui qu'elle fût, le décès de ma mère fut une profonde secousse, dans ma vie. Elle suivait de peu le départ de Laurence.

Jean traversera souvent des épisodes de tristesse. Nous n'avions aucune base saine pour démarrer notre existence. Les images incrustées de nos pères étaient celles d'individus arriérés, de prédateurs sans scrupules, d'êtres brutaux, qui ont agi à une époque où la pédophile et les violences conjugales omniprésentes n'en restaient pas moins un tabou !

On n'en parlait tout simplement pas. Tout ce qui touche aux violences aux femmes a toujours été occulté, dans les années 50-60. L'homme restait le maître. Elles n'avaient pas leurs mots à dire, elles subissaient ainsi que leur fille un sort peu enviable.

Se relever

Se relever de ses propres décombres, reconstruire sa maison en ruine nécessite de l'aide : colmater les meurtrissures, puis apprendre à puiser dans ses espoirs qu'un jour les femmes, les petites-filles, cesseront d'être des défouloirs.

L'abus sexuel, le viol, l'atteinte à l'enfance sont monnaie courante dans notre société. Beaucoup de femmes entre autres, des fillettes, des gamins aussi, subissent à travers le monde des attaques quotidiennes que nous devons juger comme étant d'authentiques atrocités. Aujourd'hui, on confond un crime avec une attitude masculine arriérée. Pour reprendre les paroles de l'acteur Matt Damon, sans être une fan, il a fait une remarque pertinente, surtout dans ce milieu hollywoodien superficiel : « il y a une différence entre un viol et une main aux fesses ». Les vrais crimes sont ceux dont on ne parle pas. Ceux qui ne couvrent pas la une des journaux, comme celles qui sont harcelées sur leur lieu de travail, malmenées, violées, frappées chez elle dans leur couple, dans les prisons, l'armée, à la guerre, etc. Tous ces crimes sont souvent étouffés. Il en va de même avec la maltraitance des prostitués, des fillettes vouées au commerce sexuel dès la plus tendre enfance, la liste est sans fin.

Certains mouvements féministes américains, aux antipodes du monde réel, se sont emparés de ces problématiques. Elles n'ont pas vraiment fait avancer la cause de ces femmes victimes, mais plutôt créer un climat anti-sexe, anti-mâle. Elles ont tenté, on se demande à quel titre, d'imposer de nouvelles normes « comportementales » puritaines, en mettant tout au même niveau, ce qui revient à ostraciser les questions réelles. Un voile opaque est tombé sur les vraies victimes, ces femmes, ces enfants qui souffrent. Car ces amazones de l'ordre moral, ces rédemptrices, dans leur sphère narcissique, sont incapables d'analyser les désastres que subissent encore et toujours les femmes.

Ce n'est pas uniquement en condamnant des faits criminels qu'il sera possible de mettre fin à tous ces méfaits commis contre les femmes, les enfants. Ce n'est pas en disant à un homme « toi, tu es un mauvais garçon » que nous bloquerons un processus. Ce mauvais garçon, il y en a des milliers. Ils sont le produit d'un système qui les a modelés ainsi, qui leur a inculqué que la femme est une marchandise. Il suffit de regarder leurs conditions dans certains pays arriérés pour comprendre qu'il s'agit d'un phénomène sociétal et non d'une question individuelle. On peut juger du niveau d'une société qu'en observant le rôle qu'y tient la femme. Seulement, une lame de fond puissante pourra endiguer ces concepts d'asservissement, liés aux rouages intrinsèques de notre civilisation actuelle, un bouleversement idéologique profond permettra de rendre aux femmes, aux enfants, aux victimes : leur place et leur respect mérités.

Ma chance : la politique

À 20 ans, j'étais manifestement suicidaire. Ma chance : celle d'avoir croisé un groupe politique, des féministes de cette époque. Notre souhait commun d'en finir avec le patriarcat fut un détonateur, une béquille dans mon existence. Je lisais beaucoup sur la question de l'oppression de la femme, glanant des explications, c'était réconfortant. Je fréquentais un milieu ouvert à notre émancipation, j'y ai rencontré mes partenaires, des gauchos décents, qui m'ont tous soutenu dans mon parcours de guérison. Sauf ma première relation, sérieuse avec Antoine, un « leader maximo ». C'était un semblant de bonheur. Je souffrais de multiples troubles psychosomatiques. Tous les soirs, à vingt et une heures précises, je m'endormais. C'était étrange. Je pleurais beaucoup sans trop savoir pourquoi. Cette relation m'étouffait, mais je l'aimais… j'en étais convaincu. J'appris qu'il était père d'un enfant de 3 ans : soit le temps de notre relation. Il avait un ascendant sur moi qui me rendait malade. Je reproduisais le même schéma, « il s'intéresse à moi,

donc je reste avec lui », j'occultais ses défauts, je
ne pouvais m'apercevoir du caractère délétère de
ce lien. Je souffrais d'un complexe d'infériorité, je
me déconsidérais. Je menais des actions publiques
qui me permettaient de cajoler mon ego. Dans
mon relationnel, je cherchais toujours des intel-
lectuels, je me mariais avec l'écrivain de notre or-
ganisation politique. La perte de Laurence chan-
gea la donne. Je suis rentrée dans une phase profonde de déprime. J'ai quitté mon mari, qui ne
m'apportait pas le soutien nécessaire. Mon style
de vie fut bouleversé. Ma vie fut jalonnée de ces
phases de dépression, qui reflètent la violence que
l'on exerce contre soi. Je m'entourais de multiples
partenaires. J'essayais ce que le hasard m'offrait :
je fumais beaucoup, je buvais trop. Les addictions
reflètent une autodestruction, une violence en-
vers soi-même, qui détruit le corps et l'esprit. En
Allemagne, où je vivais, avec mon ami Werner,
j'ai enfin décidé de commencer une thérapie. Ce
fut long. C'était un combat. J'ai retrouvé la petite
fille, l'enfant « infans » en latin, celui qui ne parle
pas, j'ai enfin parlé de ma vie, j'ai brisé mon silence. Silence qui camouflait mon sentiment de
culpabilité, celle de n'avoir rien dit, pour cacher la

honte, mais qui m'avait aussi protégé, du monde extérieur, de moi-même, des autres. J'ai affronté ma mère, finalement un bourreau collatéral. À chaque tentative de confrontation, elle a simplement grossièrement dévié le sujet. Elle savait, pour toutes ses filles, elle a laissé faire, elle portait en elle-même cette même violence autodestructrice. C'était l'héritage familial, pas un denier, mais de sérieuses névroses post-traumatiques. Une enfance meurtrie engendre des blessures profondes. Vous êtes au pied de la montagne, au fond du tunnel. Si quelques pulsions de vie vous animent encore, vous remontez, vous vous accrochez aux parois, aux versants glissants, périlleux. Vous chancelez, repartez écorchée, sanglante pour atteindre le sommet. Je n'ai jamais pensé me rendre à Nuits-St-Georges, pour régler mes comptes. Ce n'est pas le but : « le pardon ne guérit pas la bosse » (Proverbe guadeloupéen). « Absoudre » est une conception judéo-chrétienne, que je ne partage pas. J'ai extirpé dans un vomissement gargantuesque, mon tortionnaire Régis, de mon corps, de ma tête, je l'ai remis à sa place, la sienne, dans SA vie. May et Laurence ont choisi leurs chemins en fonction de leurs forces, de leurs capacités à résister ou pas. Juger la vie d'autrui de ses réactions face aux événements est indécent, et illégitime. Survivre, c'était notre lot. Nous avons toutes suivi nos propres routes, en croyant que c'était la bonne.

Que faire ?

De nombreuses femmes, victimes de violences, vécurent des destins analogues, et même bien pires. Le facteur déterminant : prendre conscience de son état, se soigner, apprendre à vivre pour soi, en bonne égoïste, d'arrêter de s'identifier, de s'évaluer au travers des yeux de l'Autre, de prendre son partenaire comme baromètre.

« Je veux qu'il m'aime » ou « je vais le choyer », alors « il sera pour moi ». Dans un certain sens, « on se brade », nous offrons notre personnalité en cadeau à « moitié-prix » pour être acceptées, aimées. Plus on solde, plus on souffre, plus l'effet boomerang deviendra inéluctable. Panser ses blessures, on y parvient rarement seul, un bon thérapeute, une bonne méthode sont des facteurs importants. Patience et résilience : la route est parsemée d'embûches, de gros gadins, de claques froides magistrales, inattendues, de réminiscences douloureuses. Malgré tout on grandit sur cette route, celle qui vous libère, vous inculque lentement comment vivre en toute bienveillance, dans le respect de soi-même. Un jour, vous oserez vous murmurer « je me sens bien », des petits frissons de « bien-être » traverseront votre corps. Cela sera votre nouveau secret.

Lettre à Régis

J'avais 6 ans et toi 19. Tu étais un adulte, un colosse. Certes, tu étais jeune, mais un homme. Tu as anéanti ma vie de fillette. Tu l'as broyée.

J'ai cru que tu étais un partenaire de jeu, mais en fait pas du tout. Tu étais un monstre qui m'achetait avec des Carambar. Je me suis attachée à toi. Je voulais absolument qu'on m'aime. Un lien, avec quiconque, mais un lien, c'est tout ce que je souhaitais. C'est terrifiant de s'attacher à celui qui vous fait souffrir. Tu avais vite repéré les failles dans notre famille, et compris que de toute façon personne ne remarquerait ou ne voudrait remarquer nos occupations communes, soit parce que ton père était le patron, soit parce que mes parents ne s'occupaient pas de nous. Peut-être avais-tu aussi observé que mon père Guy abusait ma sœur May. Les pervers ont des ondes communes, et se reconnaissent. Tu n'étais pas stupide, tu as profité de cette opportunité : j'étais sur ta route, tu m'as ramassée comme ces chacals qui tournent autour de leurs proies agonisantes. Souvent je te surveillais, quand tu étais avec ta mère, je t'épiais. Ma mère disait beaucoup de mal de vous deux, je crois qu'elle avait raison. Vous étiez hors normes, vos jeux étaient troublants. Et puis, parfois, tu venais jouer avec nous, et ma sœur May. J'étais très jalouse, et tu le voyais. Cela te faisait rire. Je ne réalisais rien, je me taisais.

As-tu eu des enfants depuis ? Quand je regarde les fillettes dans la rue, les fillettes de 6 ans, je me demande comment on peut en arriver là, prendre ces petits corps pour des sex-toys ?

Qu'est-ce qui peut bien se passer dans la tête d'un pédophile ? J'avoue que cela m'échappe encore. Lâche serait le premier mot qui me viendrait à l'esprit.

Lâche, peureux ? Peur d'avoir des rapports avec des femmes ou des hommes de son âge.

Sadique ? Sans aucun doute, faire souffrir sans le consentement de l'autre.

Malade ? Oui, très probablement. Guérissable, il y a peu de chances.Si cela était arrivé à tes enfants et qu'un jour tu apprennes de ta fille ou de ton fils qu'un colosse s'est emparé de leurs petits corps, comment aurais-tu réagi ? Donne-moi une réponse. La roue tourne, j'ai toujours bêtement cru que l'on finissait par payer pour ses exactions.

Ton jour arrivera. Tu seras jugé par toutes tes victimes, car il y en a eu probablement beaucoup d'autres. Nous te jugerons, nous t'enfermerons toi et tes semblables. Avec le temps nous oublierons où se trouve la clé de votre prison.

La petite fille des Carambar.

Lettre à Laurence

Je n'ai pas vu que tu sombrais.

Je me débattais aussi seule dans mes propres eaux troubles.

Plus tard, j'ai essayé de t'aider en respectant tes souhaits, mais nous n'étions déjà plus « ensemble », comme autrefois quand nous partagions nos jeux dans notre enfance.

Je ne t'ai jamais raconté mon histoire, et tu ne m'as jamais raconté la tienne. Nous sommes restées isolées dans notre univers de souffrances.

Pourtant nous aurions eu tant à nous dire.

Nos routes se sont tellement séparées.

J'avais choisi de changer le monde.

Tu avais choisi de t'y ensevelir.

Tu n'avais jamais accusé personne, tu as juste enterré ton secret.

Tu ne connaissais pas la parole, celle qui libère, tu l'as bannie.

Tu n'as jamais brisé ton silence, tu as englouti tes douleurs, tes mots dans tes paradis artificiels, ton spleen.

Je ne sais pas, ou voulu savoir, si c'était lui, ton amant qui t'avait poussée ce jour-là, accidentellement ou pas, hors du train ? Mais cela aurait-il changé vraiment la situation ?

Tu es partie trop tôt, pourtant la vie aurait pu t'offrir encore beaucoup, tu aurais appris peut-être à vivre pour toi, et non pour lui, ou pour tous ceux que tu as voulu aider dans vos heures obscures.

Ta sœur, Jocelyne.

Lettre à ma mère

On ne peut pas dire que tu aies eu beaucoup de chance dans ton existence. Une première vie amoureuse qui s'achève si vite, si cruellement, juste après la guerre. Je ne crois pas non plus que tu aies eu tant de moments de bonheur. Nous étions tes enfants, et tu as voulu que nous le restions. Plusieurs fois, la DDASS (Direction départementale des affaires sanitaires et sociales) a cherché à nous retirer, pour nous mettre en foyer, tu as toujours refusé. Tu n'as jamais accepté cette solution, même si pour toi éduquer des enfants t'échappait un peu, beaucoup, passionnément...

Je pense que nous aurions été encore plus malheureux en étant placés dans une autre famille, moi dans tous les cas.

Après le père de Jean et May, tu trouvas des marginaux, des déséquilibrés. C'est certainement cela qui nous a fait le plus souffrir : tes choix amoureux que nous devions subir aussi.

Pourtant, malgré tout, j'étais très attachée à toi. Quand tu passais des après-midis entières à repasser, j'appréciais rester là avec toi, sans vraiment faire quelque chose, juste pour profiter de ta présence. À chaque fois, tu disais « mais va donc jouer ! », mais j'étais scotchée.

Plus tard, une fois devenue salariée, lors de mes visites, je t'offrais des robes, car je savais que tu avais toujours été très coquette. J'aimais te faire plaisir, je m'imaginais compenser tes années noires.

Mais tu as aussi dépassé les bornes. Quand je suis venue te présenter Antoine, tu étais subjuguée par lui. Alors que nous nous promenions, je t'ai vu en train de lui caresser la main. Je n'en croyais pas mes yeux, aujourd'hui on dirait : « elle est gonflée quand même ».

Tu avais au minimum trente 30 ans de plus que lui. Au moins, tu pensais avoir préservé ton sex-appeal. Tu avais regretté ma séparation avec Antoine. Mes autres partenaires ne t'ont plus vraiment intéressée.

Tu avais aussi cette sale marotte, de me raconter ta vie, à moi, une gamine, puis une adolescente. Tu n'as pas saisi l'impact que cela pouvait avoir dans ma petite tête. Un enfant cherchera par tous les moyens à plaire à ses parents. La famille, en dépit de ce qu'elle est, est le principal centre social. Les parents, théoriquement, sont des repères. C'est là où l'enfant veut plaire pour être aimé. Dans notre cas, cette communication ne pouvait pas fonctionner, j'étais torturée à l'idée de ne pas comprendre, et surtout de ne pas pouvoir répondre, de ne pas te plaire. Tes discours exerçaient une influence irréparable et délétère.

Quel phénomène tu pouvais être ! Malgré tout, je t'ai toujours aimée. Tu étais ma mère, c'est tout.

Je crois que je suis la seule dans la fratrie à t'avoir acceptée telle que tu es, mais plus tard et en n'oubliant pas le contexte des années d'après-guerre, ta jeunesse, de l'absence totale de planning familial, de droits pour la femme, mais je n'étais pas là au début lorsque tu as commencé à engendrer notre « famille ».

Notre plus vieux témoin est Jean, puis May, qui ont accumulé beaucoup de rancunes.

Ta dernière idée saugrenue était d'enterrer Laurence dans le même caveau que toi, et Roger…

On se demande si parfois tu réfléchis…

Laurence et Roger ensemble, lui qui l'a abusée. Heureusement que je ne crois pas à la vie dans l'au-delà…

Tu sais, c'est difficile de défendre ta cause, mais je le fais, et le ferai encore.

Jocelyne.

Mes remerciements à Blandine pour son aide
à la correction et à la relecture
et à Thierry Brayer, coach en écriture
pour son accompagnement.

Pour joindre Jocelyne LINDNER :

jocelyne.lindner@gmail.com

© Jocelyne LINDNER

Édition : BoD – Books on Demand, info@bod.fr

Impression : BoD – Books on Demand, In de
Tarpen 42, Norderstedt (Allemagne)
Impression à la demande

ISBN : 978-2-3220-9930-6
Dépôt légal : mars 2023